Tucholsky Wagner Zola Scott Sydow Freud Schlegel
Turgenev Wallace Fonatne

Twain Walther von der Vogelweide Fouqué Friedrich II. von Preußen
Weber Freiligrath

Fechner Fichte Weiße Rose von Fallersleben Kant Ernst Frey
Richthofen Frommel

Engels Fielding Hölderlin
Fehrs Faber Flaubert Eichendorff Tacitus Dumas

Eliasberg Ebner Eschenbach
Feuerbach Maximilian I. von Habsburg Fock Zweig
Ewald Eliot Vergil

Goethe Elisabeth von Österreich London
Mendelssohn Balzac Shakespeare Dostojewski Ganghofer
Lichtenberg Rathenau
Trackl Stevenson Doyle Gjellerup
Mommsen Tolstoi Hambruch
Thoma Lenz Hanrieder Droste-Hülshoff
Dach Verne von Arnim Hägele Hauff Humboldt
Reuter
Karrillon Rousseau Hagen Hauptmann Gautier
Garschin
Damaschke Defoe Hebbel Baudelaire
Descartes
Hegel Kussmaul Herder
Wolfram von Eschenbach Dickens Schopenhauer
Darwin Melville Grimm Jerome Rilke George
Bronner
Campe Horváth Aristoteles Bebel Proust
Bismarck Vigny Barlach Voltaire Federer Herodot
Gengenbach Heine
Storm Casanova Tersteegen Grillparzer Georgy
Lessing Gilm
Chamberlain Langbein Gryphius
Brentano Lafontaine
Strachwitz Claudius Schiller Kralik Iffland Sokrates
Katharina II. von Rußland Bellamy Schilling
Gerstäcker Raabe Gibbon Tschechow
Löns Hesse Hoffmann Gogol Wilde Gleim Vulpius
Luther Heym Hofmannsthal Morgenstern
Roth Klee Hölty Goedicke
Heyse Klopstock Kleist
Luxemburg Puschkin Homer Mörike
La Roche Horaz Musil
Machiavelli Kierkegaard Kraft Kraus
Navarra Aurel Musset
Nestroy Marie de France Lamprecht Kind Kirchhoff Hugo Moltke
Laotse Ipsen Liebknecht
Nietzsche Nansen
Marx Lassalle Gorki Klett Ringelnatz
von Ossietzky May Leibniz
vom Stein Lawrence Irving
Petalozzi
Platon Knigge
Sachs Pückler Michelangelo Kock Kafka
Poe Liebermann
de Sade Praetorius Mistral Zetkin Korolenko

Jolanthes Hochzeit

Hermann Sudermann

Impressum

Autor: Hermann Sudermann
Umschlagkonzept: toepferschumann, Berlin

Verlag: tredition GmbH, Hamburg
ISBN: 978-3-8424-1248-4
Printed in Germany

Ziel der TREDITION CLASSICS ist es, tausende deutsch- und
fremdsprachige Klassiker wieder in Buchform verfügbar zu
machen. Die Werke wurden eingescannt und digitalisiert. Dadurch
können etwaige Fehler nicht komplett ausgeschlossen werden.
Unsere Kooperationspartner und wir von tredition versuchen, die
Werke bestmöglich zu bearbeiten. Sollten Sie trotzdem einen Fehler
finden, bitten wir diesen zu entschuldigen. Die Rechtschreibung der
Originalausgabe wurde unverändert übernommen. Daher können
sich hinsichtlich der Schreibweise Widersprüche zu der heutigen
Rechtschreibung ergeben.

I

– So am offenen Grabe eines alten Kumpans zu stehen – schändlich, sag' ich Ihnen, meine Herren, einfach ekelhaft. –

Man pflanzt die Beine in das aufgeschaufelte Erdreich und wickelt den Schnurrbart und macht ein dummes Gesicht und möchte' sich dabei die Seele aus dem Leibe heulen. –

Also er war hin – da war nichts mehr zu wollen. –

Mit ihm hat das größte Genie im Ersinnen und Mischen von Punschs, Grogs, Koblers[1] und kalten wie warmen Bowlen das Zeitliche gesegnet. ... Ich sag' Ihnen, meine Herren, ging man mal mit ihm über Feld, und er fing an, die Luft so eigentümlich durch die Nase einzuziehen, so könnt' man sicher sein, daß ihm in diesem Augenblick die Idee zu einer neuen Bowle aufging. Aus dem Geruch irgendeines Unkrauts erkannte er bereits die Natur der Weinsorten, die darüber gegossen werden mußten, um etwas nie Dagewesenes, Extrafeines zustande zu bringen.

Auch sonst war er eine gute Haut, und die Zeit ist mir in all den Jahren, die wir Abend für Abend zusammensaßen – entweder kam er zu mir nach Ilgenstein, oder ich ritt nach Döbeln 'rüber –, nie lang geworden.

Wenn bloß seine ewigen Heiratspläne nicht gewesen wären. Das war seine schwache Seite. Mich betreffend, heißt das, denn er – »Gott«, sagte er, »ich wart' bloß, bis mir das aasige Wasser zum Herzen steigt, und dann rutsch' ich ab.«

Und jetzt war er so weit ... war abgerutscht ... lag vor mir in dem schwarzen Rittersarge, und mir war, als müßt' ich oben gegen den Deckel klopfen und rufen: »Pütz – nu mach keine faulen Witze – komm' raus – wir müssen ja heut' unser Pikett spielen.«

Meine Herren, da is nischt zu lachen. ... Die heftigste von allen Leidenschaften ist die Gewohnheit, und wieviel Menschen jährlich an gestörter Gewohnheit zugrunde gehen, das meldet Ihnen kein

---

[1] Kobler – Cocktail aus Likör, Weißwein, Fruchtsaft, Früchten und Zucker.

Lied[2] und kein Heldenbuch, um meinen alten Freund Uhland zu zitieren.

Es war ein Wetter, Katz und Hund zu vergeben. Sturm, Regen, Schloßen, alles durcheinander. ... Manche Herren hatten ihre Gummiröcke angezogen. ... Daran lief das Wasser immer so in Rinnen 'runter. ... Und ebenso lief's über die Backen und in die Barte. ... Mochten hie und da auch Tränen sein, denn Feinde hinterließ er nicht, der Pütz.

An Leidtragenden – was man in engerem Sinne Leidtragende nennt – war nur einer da: sein Sohn ... Lothar hieß er ... war am Sterbetage von Berlin gekommen, wo er bei den Gardedragonern stand. ... Hatte sich als guter Sohn benommen, dem Vater die Hände geküßt, viel geweint, sich bei mir bedankt und fürchterlich viel 'rumkommandiert. ... Denn so 'n Leutnantchen, wissen Sie, wenn das nu mit einem Male ... na ja, also ... ich war ja da ... und wir hatten den Alten nu mit Gottes Hilfe so weit.

Wie ich mir den hübschen Bengel so von der Seite anseh', wie er dasteht und seine Tränen mannhaft 'runterschluckt, fällt mir das Wort des Alten ein, das er am Tage vor seinem Ende zu mir gesprochen hat: »Hanckel«, sagt' er, »erbarm dich meiner im Grabe – verlaß meinen Jungen nicht!«

Das, wie gesagt, fällt mir ein, und wie ich vom Pfarrer 'rangewinkt werd', die drei Hände voll Erd' in die Grube zu werfen, schickt' ich auch stillschweigend einen Eid mit 'runter: »Ich werd' ihn nicht verlassen, Alter. Amen!« –

Alles nimmt ein End'. Die Totengräber hatten aus der Matsche eine Art Hügel gebaut und die Kränze drübergefliehen[3] , da eine Frauensperson bei dem Leichenbegängnis nicht zugegen war. ... Die Nachbarn empfahlen sich, und wer noch zurückblieb, war der Pfarrer und Lothar und ich.

Der Junge stand da wie ein Stein und stierte auf den Hügel, als wollt' er ihn mit seinen Augen wieder aufwühlen, und der Sturm schlug ihm den Kragen seines Reitermantels um die Ohren.

---

[2] meldet Ihnen kein Lied – Uhland: Des Sängers Fluch, vergeben - Vergiften.

[3] drübergefliehen – Vleien, flaien, im Sinne von putzen, schmücken.

Der Pfarrer tippte ihm sacht auf die Schulter und sagte: .Herr Baron, wollen Sie einem alten Manne noch ein Wort vergönnen.« –

Aber ich winkte ihn beiseite und sagte:»Gehn Sie man nach Hause, Pfarrerchen«, sagt' ich, »und lassen Sie sich von Ihrer Frau ein Glas Grog brauen. Ihnen wird sowieso ein bißchen luftig sein in Ihrer Halbseide.«

»I«, sagt er und schmunzelt ganz schlau. »Das sieht man so aus. Ich hab' ja den Paletot unter.«

»Schadt nichts«, sag' ich. »Gehn Sie man. Und den Jungen nehm' ich auf mich. Ich weiß besser wie Sie, wo den der Schuh drückt.«

Da ließ er uns denn allein. –

»So, mein Junge«, sagt' ich. »Davon wird er nich wieder lebendig. Jetzt komm nach Hause, und wenn du willst, schlaf ich auch bei dir.«

»Ist nicht nötig, Onkel«, sagt' er. Er nannte mich Onkel, weil's einmal im Scherze so ausgemacht worden war. ... Und sein Gesicht dabei war hart und verbissen, als wollt' er fragen:»Was störst du mich in meinem Schmerz?«

»Aber von Geschäften könnten wir vielleicht reden«, sagt' ich.

Da schwieg er muckestill.

Sie kennen wohl alle, meine Herren, ein leeres Begräbnishaus. ... Wenn man so vom Kirchhof her wieder 'reinkommt ... der Sarggeruch von dem frischen Holze steckt noch drin. ... Und das Tannengestreusel. ... Und die Lorbeerblätter. ... Und die zerquetschten Blumen... Einfach scheußlich!

Meine Schwester, die mir dazumal die Wirtschaft führte – die alte brave Seele ist nun auch schon lange tot –, hatte zwar ein bißchen Ordnung geschaffen, den Katafalk wegräumen lassen und so ... aber viel war in der Eile nicht zu machen gewesen.

Ich ließ sie nach Hause fahren, holte eine Flasche von Pützens bestem Portwein und setzte mich dem Jungen vis-a-vis, der auf dem

Sofa saß und seine Degenspitze auf dem Fußblatt englisch reiten[4] ließ.

Wie gesagt, ein prächtiger Bengel. ... Lang, stämmig, wie sich's für einen Dragoner paßt ... Schnurrbart wie zwei Büsche ... dicke, schwarze Brauen und darunter die Augen wie zwei Feuerräder. Bißchen wilde, niedrige Stirn, weil die Haare zu tief 'reingewachsen waren, denn der Schädel war proper. Aber dergleichen kleidet die Jugend. – Und in der ganzen Erscheinung jener Gardeschick, den wir alle mal so heiß erstrebt haben, mit dem aber weder die Tilsiter noch die Allensteiner Dragoner sich messen können. – Der Deibel weiß, woran es liegt! –

Ich stoß' mit ihm an – auf des Alten Gedächtnis natürlich – und frage dann wie obenhin: »Na, was meinst du, was soll nu werden?«

»Weiß ich's?« burbelt er zwischen den Zähnen und flammt mich mit seinen Augen verzweifelt an.

Ja, ja, so standen die Sachen.

Die Verhältnisse des Alten waren niemals glänzend gewesen. Dazu seine Liebe für alles Trinkbare. – Na, und Sie wissen, wo ein Sumpf ist, da sielen sich die Poggen.[5] ... Vor allem aber der Junge, der seit Jahren drauf loslebte, als ob die Mergelkaulen auf Döbeln lauter Silberminen gewesen wären.

»Es summt sich wohl wieder mal, mein Sohn?« frag' ich.

»Gehörig, Onkel«, erwidert er.

»Das hast du aber schlecht getroffen«, sag' ich. Hypotheken bis über die Landschaftstaxe – gebaut muß auch werden und verdient wird bei der Landwirtschaft nichts, das wissen ja schon die Hühner.«

»Also Abschied?« fragt er und sieht mich fest an, wie einer, der vorm Kriegsgericht seine Verurteilung erwartet.

»Falls du keine Partie in petto hast, die dich 'rausreißt.«

Er schüttelt wütend den Kopf.

---

[4] englisch reiten - Leichttraben.

[5] Poggen - Frösche, Kröten.

»Dann selbstverständlich.«

»Und wenn ich Döbeln parzellieren lasse, was meinst du, was da übrig bleibt?«

»Schäm dich was, Junge«, sag' ich. »Das Hemd auf dem Leib verschleudert man nicht, und aus dem Bett schlägt man kein Brennholz.«

»Onkel, du redest wie'n Endchen Talglicht«, erwidert er. »Ich sitz' beim Gurgler[6] drin.«

»Wie viel ist es?« frag' ich.

Er nannte eine Summe. Wie hoch sie war, will ich verschweigen, denn ich hab' sie bezahlt.

Ich formulierte meine Bedingungen. Erstens: Sofortiger Abschied. Zweitens: Selbstbewirtschaftung des Gutes ... Drittens: Beilegung des Prozesses.

Dieser Prozeß wurde geführt mit dem von Krakow auf Krakowitz und war seit vielen Jahren der Lieblingssport meines Freundes gewesen. Er drehte sich natürlich wie alle solche Sachen um eine Erbschaftsangelegenheit und hatte schon dreimal so viel verschlungen, als der ganze Krempel ausmachte.

Und da der Krakow ein Rauhbein war, so hatte sich der Streit persönlich zugespitzt und war zum zähnebleckenden Hasse geworden, wenigstens auf jener Seite, denn Pütz in seinem Phlegma sah die Sache immer noch ein bißchen humoristisch an. ... Der drüben aber hatte öffentlich erklärt und geschworen, er werde jeden Pütz samt dessen Anhang um Hunden von seinem Hofe herunterhetzen lassen.

Ja, also das waren meine Bedingungen. ... Und er erklärte sich einverstanden. Ob gern oder ungern, untersuchte ich nicht.

Die ersten Schritte zur Verständigung mit dem Krakow beschloß ich selber zu tun, obwohl ich alle Ursach' hatte, seine Drohung auch auf mich zu beziehen, – war ich doch schon im Kreistag ein paarmal gehörig mit ihm aneinandergeraten.

---

[6] Gurgler -- Halsabschneider, Wucherer

Aber – na, sehen Sie mich an – und ohne daß ich prahlen will, ich kann mit dieser meiner Faust einen Bullen zu Boden schlagen, vor ein paar Kötern brauch' ich doch nicht Reißaus zu nehmen!

Na ja!...

II

Meine Herren, ich lass' also drei Tage verstreichen, um die Sache zu beschlafen – dann meine beiden Jucker[7] in die Sielen – und im gelben Jagdwagen, heidi! nach Krakowitz.

Schönes Land! ... Nichts zu sagen! – Bißchen verludert – aber genial. – Viel schwarze Brache, aber vielleicht für Winterraps oder so ... Weizen lala ... Rindvieh famos ...

Der Hof! Ja, wissen Sie, der Hof ist wie des Menschen Herz. ... Hast du nur gelernt, hineinzusehen, so macht man dir schwer ein X für'n U ... Es gibt verwahrloste Herzen, wo aber aus dem Dreck überall die Goldklumpen vorgucken, und aufgeputzte, aufgedonnerte, sozusagen mit Arsenik aufgefutterte Herzen – die funkeln und glitzern von fern und von nah, daß man nur rufen möchte »Donnerwetter«, und dabei ist alles faul und modrig. ... Es gibt Herzen in auf- und absteigender Linie – Herzen, von denen das bessere hoffnungsloser ist als das weit, weit schlechtere, weil dieses sich erkuwert[8] und jenes langsam abwärts geht. –

Na, und so weiter.

Der Hof von Krakowitz war von allem ein bißchen. Blanke Scheunen – liederliche Wagen – schöne Jauchenabfuhr – matte Stallordnung. Der Geist, der über dem Ganzen lagerte, hieß Laune – mit einem Schuß Geiz oder Mangel, denn dies beides läßt sich beim Ansehen schwer unterscheiden. Herrenhaus: zweistöckig, rotzieglig, mit gelben Verblendern, Efeu ringsum. Kurz, nicht übel. So was wie unbewußte – na, Sie wissen schon.

»Herr Baron zu Hause?« – »Ja, – wen soll ich melden?« – Hanckel, Baron Hanckel-Ilgenstein.« – »Bitte, so lange einzutreten.«

Ich tret' also ein ... alles alt... alte Möbel, alte Bilder – wurmstichig, aber gemütlich.

Da hör' ich ein Schimpfen durch die Tür!

---

[7] Jucker – Leichtes Wagenpferd.
[8] erkuwern – Erkowern: sich erholen, zu neuen Kräften kommen.

»Der Aaskerl – der untersteht sich – hat immer mit dem Pütz gehalten, dieses heimtückische Luder.«

»Schöner Empfang«, denk' ich.

Und Frauenstimmen dazwischen. »Aber, Papa!« winselt die eine. »Aber, Mannchen«, piepst die andre.

Ei weh! – Na! –

Da kommt er 'rein. Ja, meine Herren, hätt' ich's nicht eben mit diesen meinen Ohren gehört, – die Hände ausgestreckt – das graue Sündergesicht strahlend – blinzt mit den Dachsaugen schlau und selig.

»Nachbar – Freund – wie glücklich!« »Sie, Krakow«, sag' ich, »nehmen Sie sich in acht, ich hab' eben alles gehört!«

»Was haben Sie gehört, Freundchen, was?«

»Wie Sie mich tituliert haben: Aaskerl, und weiß Gott.«

»Na ja«, sagt er, ohne auch bloß mit der Wimper zu zucken, »ich sag's ja jeden Tag zu meiner Frau: die Türen taugen nüscht. ... Aber das müssen Sie mir nicht übelnehmen, alter Freund, ich hab' mich immer geärgert, daß Sie zu dem Pütz, gehalten haben. ... Und, Mann, ich sag' Ihnen, meine Weiber brauen grad' so 'ne Bowlen wie er ... wären Sie man zu mir gekommen ... Jolanthe!! – Das ist nämlich meine Tochter. Jolanthe!! – Das ist der Trost meiner Seele! – Hört nich! ... Hört nich! – Hab' ich's nicht eben gesagt, die Türen taugen nichts? ... Aber jetzt stehen diese Weiber beide hinterm Schlüsselloch! ... Werdt ihr wohl weg, ihr Kröten! ... Hören Sie das Geraschel, wie sie weglaufen? Hä – hä – was! So'n Weiberzeug!«

Meine Herren, da sei nun mal einer beleidigt! Ich kann's nicht – ist mein Fell zu dick? – ich kann's nicht...

Wie er aussah? ...

Viel weiter wie bis übern Gürtel reichte mir das ganze Gewächse nicht. Rund, fett, mit O-Beinen – und auf diesem Wanst ein richtiger Apostelkopf. Entweder Petrus oder vielleicht Andreas oder sonst einer. – Ein schöner, breiter, kreisrunder Bart mit zwei weißen Strähnen von den Mundwinkeln her – gelbe Pergamenthaut mit einem dichten Faltenkranz um die Augen ... die Stirn kahl, aber über den Ohren zwei mächtige, graue Büschel.

Tanzt der Kerl da vor mir 'rum – wie doll.

Glauben Sie nicht, meine Herren, daß ich mir durch diese Sperenzchen was vormachen ließ. ... Ich kannt' ihn lang genug, ich sah ihm durch seinen Nabel wie durch ein Glasfenster – aber, nun schimpf' mich einer Hundsfott, er gefiel mir.

Und was drum und dran war, gefiel mir auch.

Da war so'n Winkelchen vorm Fenster mit geschnitzten Eichenschranken drumrum – von Efeu überwachsen ... ganz mollig. ... Da schien die Sonne blank mitten durch wie durch eine Laube ... und drin auf dem Tisch lag ein Wollenknäuel in einem Elfenbeinschälchen – und eine Nummer »Daheim«[9] und ein angeknabbertes Stückchen Torte.

Wie gesagt: ganz mollig.

Da setzten wir uns nu 'rein, und ein Mädchen brachte Zigarren.

Die Zigarren taugten nichts, aber ihr Rauch wölkte sich so fein und lustig im Sonnenschein, daß ich gar nicht mal viel hinsah, wie die Strempel kohlten.

Ich wollte anfangen, von meinen Geschäften zu reden, aber er legt mir die Hand auf die Schulter und sagt: »Freund und Gönner, nach dem Kaffee.«

Ich sag': »Na, erlauben Sie, Krakow«, sag' ich.

»Freund und Gönner, nach dem Kaffee.«

Ich erkundigte mich höflicherweise nach den Feldern und ließ mir seine Neuerungen, mit denen er prahlte wie doll, dringend ans Herz legen, trotzdem sie bei mir längst zum alten Eisen gehörten.

Und dann kam die Baronin.

Ein feines altes Stück. – Große, schmale, blaue Augen – silbergraue Haare mit schwarzem Spitzenhäubchen drauf ... dünne Taille – wehleidiges Lächeln ... feine, gelbliche Hände .. das Ganze ein

---

[9] Daheim – Familienblatt mit recht hoher Auflage (ab 1864 zwischen 35 000 und 80 000), konfessionelles Gegenstück zur >Gartenlaube<.

bißchen zu zart für eine Landedelfrau und namentlich für solchen Tölpel von Mann ...

Bewillkommnet mich ganz proper, und der Alte schreit derweilen wie besessen: »Jolanthe – Frauenzimmer – wo steckste? – ein Junggeselle ist da – ein Freier ist da – ein Freier!«

»Krakow«, sag' ich ganz betreten, »machen Sie nicht solche Witze mit mir altem Krauter.«

Und die Baronin lenkt ab, indem sie ganz zierlich sagt: »Haben Sie keine Angst, Herr Baron, wir Mütter haben Sie schon seit zehn Jahren als rettungslos aufgegeben.«

»Aber trotzdem kann das Frauenzimmer doch 'reinkommen!« schreit der Alte.

Na, endlich kam sie.

Meine Herren, alle Achtung! Wie vor den Kopf gestoßen stand ich da ... Rasse, meine Herren, Rasse!... ein Körper wie 'ne junge Königin... das Haar losgelöst in tausend Wirbeln und Wickeln – goldbraun wie so die Mähne von einem Berber ...der Hals weiß und üppig mit einem leichten Kropfansatz ... der Busen nicht zu hoch, aber breit ausgelegt mit seitlichen Wölbungen, was wir beim Pferde eine Löwenbrust nennen ... und wenn sie atmete, schien der ganze Körper mitzuatmen, so mächtig wälzte sich die Luft durch diesen jungen, edelschlächtigen Organismus ... Fesselgelenke elegant ... Beckenbildung noch unreif, aber tadellos und zu normaler Dehnung geschaffen ...

Meine Herren, Weiberkenner bin ich nicht, aber man muß nicht Züchter sein mit Leidenschaft und wissen, wie viel Schweiß es kostet, bis sich irgendein vollendetes Exemplar, welcher Gattung es sei, 'ranbildet, um nicht beim Anblick eines so gelungenen Wesens die Hände zu falten und zu beten: »Lieber Gott, ich danke dir, daß du so was in der Welt 'rumlaufen läßt, denn solange solche Körper geschaffen werden, braucht uns auch um die Seelen nicht bang' zu sein.«

Was mir im ersten Moment nicht recht gefiel, waren die Augen. Zu blaßblau, zu schwärmerisch für diese Lebensfülle. – Schienen gen Himmel zu schwimmen und bekamen dagegen bei zugekniffenen Lidern etwas Forschendes, Lauerndes, einen Blick, wie ungutmütige Hunde ihn haben, die zu viel geprügelt werden.

Der Alte faßte sie bei beiden Schultern und renommierte nach Noten: »Das ist mein Werk ... das hab' *ich* zustande gebracht ... In mir seht ihr den Vater ... und so weiter.

Sie schüttelt sich und wird blutrot.

Schämt sich seiner. –

Dann bereiten die Damen den Kaffeetisch ... frische, rösche Waffeln ... Eingemachtes dazu nach russischer Art ... blinkender Damast ... Messer und Teelöffel mit Hirschhornstielen ... und über allem ein feiner, bläulicher Kohlenrauch, der aus dem Schornstein der messingnen Maschine quoll und das Ganze noch gemütlicher machte.

Wir aßen und tranken. – Der Alte schwefelte, die Baronin lächelte nett und leidensvoll, und Jolanthe machte mir schöne Augen.

Ja, meine Herren, machte mir schöne Augen. – Sie sind noch in einem Alter, wo Ihnen so was vielleicht nicht allzu selten geschieht, aber kommen Sie man erst hoch in die Vierziger und werden Sie sich Ihrer Glatze und Ihres Fettes in tiefster Seele bewußt, und Sie werden erleben, wie dankbar verpflichtet Sie sich schon einer Schenkmamsell oder einem Stubenmädchen fühlen, wenn es sich die Mühe nimmt, Ihnen zuliebe mit den Augäpfeln zu feuerwerken. Und nun erst so eine, so ein Gnaden- und Elitegeschöpf. Zuerst dacht' ich, ich hätte mich versehen, dann versteckt' ich meine roten Hände, dann kriegt' ich das Husten, dann schimpft' ich mich »Geck« und »Esel«, dann wollt' ich Reißaus nehmen, und schließlich sah ich verschämt in meine Kaffeetasse 'rein. Wie so 'ne Jungfer.

Aber wenn ich aufsah – und aufsehen mußt' ich doch schließlich dann und wann –, so begegnet' ich auch immer den großen, hellblauen, schwärmerischen Augen, die so taten, als wollten sie sagen: »Solltest du es am Ende noch nicht wissen, daß ich eine verwunschene Prinzessin bin und daß du mich freundlicherweise erlösen wirst?«...

»Wissen Sie, warum ich ihr den verrückten Namen gegeben hab'?« fragte der Alte und grinste schlau nach ihr hin.

Da warf sie verächtlich den Kopf ins Genick und stand auf. Schien seine Witzchen zu kennen.

»Das kam nämlich so: sie ist acht Tage alt, liegt in der Wiege und strampelt mit den Beinchen ... Beinchen wie die Würschte! ... Und ein Popochen, wissen Sie –«

Donnerwetter! Ich riskierte kaum aufzusehen, so verlegen war ich. Die Baronin tat, als hörte sie nichts, und Jolanthe war aus dem Zimmer gegangen.

Der Alte aber schüttelt sich vor Lachen.

»Hä–hä – so was – ja–ganz rosenrot ... und die Windelbänder haben Landkarten 'reingeschnürt, – und eine Zartheit und eine Form – wie'n Rosenblatt. Na, und wie ich das seh', da sag' ich nun in meiner jungen Vaterfreude: die wird schön und niederträchtig werden und wird mit den Beinen strampeln ihr Lebelang. – Die muß einen sehr poetischen Namen kriegen – dann steigt sie bei den Freiern im Preise. ... Ich such' also im Bücherschrank nach: Thekla, Hero, Ilse, Angelika – ne, die Sorte war zu pflaumenweich – da schmachtet sie sich für irgendeinen diätenlosen Referendar zu Tode. Oder aber Rosaura, Carmen, Beatrice, Wanda – auch nich – zu hitzig – da brennt sie mit dem ersten besten Inspektor durch – denn des Menschen Name ist sein Schicksal. ... Und schließlich fand ich Jolanthe ... das zerschmilzt so hübsch auf der Zunge – für Liebende wie geschaffen – und reizt doch nicht zu dummen Streichen. Das ist kitzlig und erhaben zu gleicher Zeit, lockt an und verpflichtet zu ernsten Absichten. So hab' ich kalkuliert, und es war ja auch so weit ganz richtig, wenn sie mir nur schließlich nicht sitzen bleibt mit ihrem Geziere und Geaffe.«

Da kam sie ins Zimmer zurück, hatte die Augen halb geschlossen und lächelte wie eine, die unschuldig beschimpft ist. ... Das arme Geschöpf tat mir leid, und um dem Gespräch rasch eine andre Wendung zu geben, kam ich auf mein Geschäft zu sprechen.

Die Damen räumten stillschweigend den Kaffeetisch ab, der Alte stopfte sich einen halb zerkohlten Pfeifenkopf mit Knaster voll und schien bereit, geduldig zuzuhören.

Aber kaum hab' ich den Namen »Pütz« in den Mund genommen, da springt er in die Höhe und schmeißt die Pfeife gegen den Ofen, daß die feurigen Tabakblätter nur so 'rumstieben. – Und hätten Sie bloß sein Gesicht gesehen, Sie hätten Angst gekriegt. Ganz blaurot und gedunsen war es, als sollt' ihn auf der Stelle der Schlag rühren.

»Herrrr!« schrie er mich an, »sind Sie deshalb mein Gastfreund geworden, um mir mein Haus zu vergiften? Wissen Sie denn nicht, daß dieser verfluchte Name hier nicht genannt werden darf? Wissen Sie denn nicht, daß ich den Kerl im Grabe verfluche und seine Brut verfluche und alle verfluche–?«

So weit kam er, da verschluckte er sich, bekam einen Hustenanfall, mußte sich in den Polsterstuhl setzen, und die Baronin gab ihm Zuckerwasser zu trinken.

Ich griff stillschweigend nach meiner Mütze. Da fiel mein Blick auf Jolanthe. – Weiß wieder Kalk an der Wand und mit gefalteten Händen stand sie da und sah mich an, als ob sie mich in all ihrer Scham und Trostlosigkeit um Verzeihung bitten wollte oder gar so was wie Hilfe von mir erwartete.

Wenigstens ein Abschiedswort wollte ich noch dran wenden – und wartete ruhig, bis ich annehmen konnte, daß der Alte, der stöhnend dalag und nach Luft jappte, imstande sein würde, mich zu verstehen; dann sagte ich:»Sie werden es selbstverständlich finden, Herr von Krakow, daß nach diesem Ausfall auf meinen verstorbenen Freund und seinen Sohn, den ich wie meinen eigenen liebe, unsere Beziehungen –«

Er polterte mit Händen und Füßen, zum Zeichen, daß ich nicht weiterreden solle, und nachdem er noch eine Weile vergeblich gejappt hatte, kam ihm die Sprache wieder.

»Dieses Asthma ... dieses Deiwelsasthma ... wie ein Strick um den Hals ... schwupp – Kehle zu ... du willst reden, Bruder? – Prost! ... du willst atmen, Bruder? ... Kuchen. Aber was kakeln Sie da von unseren Beziehungen? Unsere Beziehungen, das heißt Ihre und meine Beziehungen, sind nie getrübt worden, Freund meiner Seele, das sind die besten Beziehungen von der Welt, Freund meines Herzens ... Und wenn ich jenen da beleidigt habe, den Prozeßhansl, den – den – edlen Mann, so nehm' ich alles zurück und erkläre mich für einen Hundsfott ... Nur reden darf mir keiner von ihm ... Ich will nicht daran erinnert sein, daß sein Name sich fortpflanzt. Für mich ist er tot – sehen Sie, so tot – so tot!«

Er machte mit der Faust drei Querstriche durch die Luft und sah mich triumphierend an, als hätte er meinem Pütz damit den Gnadenstreich versetzt.

»Nichtsdestoweniger, Herr von Krakow –« sagte ich.

»Hier wird nichts genichtsdestowenigert ... Sie sind mein Freund! Sie sind der Freund meiner Familie ... Sehen Sie die Weiber ... ganz *hin* sind sie von Ihnen. ... Nu, genier dich nicht, Jolanthe! Mach ihm ruhig verliebte Augen, mein Kind! Glaubst du, ich sehe nichts, du Kröte?«

Sie wurde nicht rot und schien auch nicht verwirrt, nur hob sie ein wenig die gefalteten Hände nach mir hin. Das war so rührend und hilflos, daß es mich ganz entwaffnete.

Ich setzte mich also noch ein Weniges, sprach über gleichgültige Sachen und empfahl mich, sobald ich konnte, ohne den Erzürnten zu markieren.

»Begleit ihn hinaus, Jolanthe«, sagte der Alte, »und sei lieblich gegen ihn; er ist der reichste Mann im Kreise.«

Diesmal lachten wir alle, doch als Jolanthe in dem halbdunkeln Hausflur neben mir herging, sagte sie ganz leise mit einer Art von schüchternem Kummer: »Ich weiß, Sie wollen nicht wiederkommen.«

»Nein, mein Fräulein«, erwiderte ich aufrichtig und wollte ihr meine Gründe auseinandersetzen, da kriegt sie meine Hand zu packen, preßt sie zwischen ihren schmalen, weißen Patschen und sagt halb weinend: »Ach, kommen Sie wieder! Bitte, bitte, kommen Sie wieder!« –

Ja, ja, so geht das. – Davon war ich alter Schwede nu sofort verrückt geworden.

Zigarre hatt' ich auf der Heimfahrt vor Erregung aufgelutscht, aber das Anstecken hatt' ich vergessen.

Mein erster Gang vor den Spiegel ... alle Lichter angezündet, Tür verschlossen, Läden eingehakt, dann wieder vor den Spiegel ...

beseh' mich von vorne, von hinten und mit Hilfe des Rasierspiegels auch von der werten Profilseite.

Resultat niederschmetternd ... dicker, kahler Schädel, Specknacken, Säcke unter den Augen, Doppelkinn, das Ganze feurig braunrot wie ein scharf angeheizter Kupferkessel.

Und was schlimmer war als das alles: Wie ich mich anseh' in meiner sechs Fuß langen Massigkeit, geht mir ein Licht auf, warum die Menschen mich von Anbeginn den »guten« Hanckel genannt haben. Schon beim Regiment hieß es immer: »Hanckel? Lumen – ne! Aber'n guter Kerl!«

Und bist du erst mit so einem Kainszeichen versehen, dann wird das ganze übrige Leben nur noch eine Kette von Gelegenheiten, um die Probe darauf zu machen. – Angeweimert[10] und angeulkt, – angepumpt und angeblasen wirst du Tag für Tag, und machst du mal einen schüchternen Versuch, dich dagegen zu wehren, so heißt es sofort: »Was, Sie wollen ein guter Kerl sein?« Da hast du gut schreien: »Ich will gar kein guter Kerl sein!« Du bist es und bleibst es, denn du bist als solcher geeicht und gestempelt.

Und so einer will sich mit Weibern einlassen? Mit Weibern, deren Phantasie nach dem sogenannten »Dämonischen« verlangt, die, um recht zu lieben, selber begaunert, verlassen, brutalisiert und en canaille behandelt sein wollen? –

»Hanckel, sei kein Esel«, sagt' ich zu mir, »geh vom Spiegel, lösch die Lichter, schlag dir die Träume aus dem Kopf und kriech ins Bett.«

Meine Herren, ich hatte ein Bett ... und hab' es noch – ... ein ganz gewöhnliches Bett ... schmal wie ein Sarg aus rotgebeiztem Tannenholz – auf Gurten, ohne Matratze und ohne Federboden, mit einem Elchfell statt des Unterbettes ... alle Jahre zweimal wird der Strohsack frisch gefüllt, das ist der ganze Luxus. – Meine Herren, man erzählt sich viel von den dürftigen Feldbetten allerhöchster Personen. Man sieht solche Dinger auch ausgestellt in Schlössern und in patriotischen Museen, und wenn die Besucher vorbeigetrieben werden, verfehlen sie nie, die Hände zusammenzuschlagen und

---

[10] weimern – kläglich tun, weinerlich jammern.

pflichtschuldigst auszurufen: »Welche Kraft der Entsagung! welche spartanische Bedürfnislosigkeit!«

Schwindel, meine Herren! Nirgends schläft sich's molliger als in so einer Klappe ... vorausgesetzt natürlich, daß du ein tüchtiges Tagewerk *hinter* dir, ein gutes Gewissen *in* dir und kein Weib *bei* dir hast ... Was alles drei ungefähr dasselbe sagt ...

Du reckst dich, du streckst dich in einem wohltuenden Krampf so weit, daß die Zehenspitzen gerade gegen die Bettkante stoßen, beißt mit den Zähnen einmal oder zweimal in das Deckbett, mummelst dich in die Kissen, greifst nach einem guten Buch, das neben dir auf dem Nachttisch liegt, und stöhnst ganz gottsjämmerlich vor lauter Wonne.

Das tat ich auch an jenem Abend, nachdem der Versucher von mir gewichen war, und während ich langsam hinüberdröselte, dacht' ich noch bei mir: »Ne, ne. Deinem lieben, harten, schmalen Junggesellenstrohsack machst dich keine untreu, selbst wenn sie Jolanthe heißt und als edelstes Vollblut auf Gottes schöner Weide herumläuft.«

Ja, dann vielleicht um so weniger.

Denn – wer weiß?

III

Tags darauf statt' ich dem Jungen Rapport ab. Die eigenen Dummheiten natürlich ausgenommen. Er flammt mich finster mit seinen schwarzen Augen an und sagt:»Schweigen wir drüber ... ich hab's mir gedacht.«

Aber acht Tage später kommt er so beiläufig darauf zurück und meint:»Du solltest doch wieder einmal hinfahren, Onkel.«

»Bist wohl doll, Junge?« sag' ich, aber dabei ist mir so wohl, als hätt' mir eine lauwarme Weiberhand hinten im Nacken gekraut.

»Du brauchst ja nicht von mir zu reden«, meint er und besieht dabei seine Gamaschen,»aber wenn du öfters hinkommst, vielleicht renkt sich's dann allmählich ein.« –

Meine Herren, leichter ist kein Gerstenhalm ins Schwanken gebracht als mein heiliger Entschluß.

Ich fahr' also hin.

Und wieder. Und wieder.

Laß mir vom Alten was vorschwefeln, trinke den Kaffee, den seine Frau mir braut, und höre andächtig zu, wenn Jolanthe mir ihre schönsten Lieder vorsingt, obgleich die Musik ... und überhaupt – je öfter ich auf Krakowitz vorsprach, desto unheimlicher wurde mir die Geschichte, aber es zog mich mit tausend Armen hin; da war nichts zu machen.

Der alte Adam wollte, bevor er für immer schlafen ging, noch einmal ein Nachtmahl haben, und wenn's aus nichts weiter bestand als der molligen Emotion von Weibernähe – denn auf irgend was Reelles wagt' ich im Grunde nicht zu hoffen.

Sie warf mir freilich noch immer verstohlene Blicke zu, aber was darinnen lag, ein Vorwurf, ein Notschrei oder bloß die Lust, bewundert zu sein, daraus wurd' ich nicht recht klug.

Dann – bei meinem dritten oder vierten Besuch – passierte mir folgendes: Es war noch früher Nachmittag – eine Pesthitze dabei –, und ich vor Langeweile oder Ungeduld fahr' nach Krakowitz.

»Die alten Herrschaften schlafen noch«, sagt der Diener, aber das gnädige Fräulein sei im Gartenzimmer.

Mir ahnt allerhand, und ich krieg' Herzklopfen. Will zurück. – Aber wie ich sie im Mullkleide hoch und schneeweiß – wie aus Marmor gehauen – vor mir stehen seh', da packt mich mit neuer Wut meine alte Eselei.

»Das ist schön, daß Sie kommen, Baron«, sagt sie, »ich langweil' mich gerade diebisch ... wir wollen in den Garten gehen – da gibt es eine kühle Laube – drin plaudern wir ganz ungestört.«

Wie sie ihren Arm in den meinen legt, krieg' ich das Zittern. Ich sag' Ihnen, vor Düppel[11] ging's leichter in die Höh' als jetzt die Terrasse 'runter.

Sie schweigt ... ich auch. ... Auf diese Weise wird's immer schwüler. Der Kies kreischt – um das Spiräengebüsch sumsen die Hummeln ... sonst nichts zu hören weit und breit. ... Sie hat sich ganz vertraulich an mich gehängt und zwingt mich ab und zu anzuhalten, wenn sie einen Grasbüschel ausreißt oder eine Resedastaude pflückt, mit der sie sich die Nase kitzelt, um sie sofort wieder wegzuwerfen.

»Ich wünschte, ich liebte die Blumen«, sagt sie. »Es gibt so viele, die sie lieben oder zu lieben behaupten ... In Liebessachen kommt man ja nie hinter die Wahrheit.«

»Warum nicht?« frag' ich. »Sollt' es denn nicht vorkommen, daß zwei Menschen sich gern haben und es sich sagen ganz einfach – ohne Schikane und Hintergedanken?«

»Gern haben – gern haben«, spottet sie nach. »Sind Sie ein solcher Eiszapfen, daß Sie sich Liebe mit >Gernhaben< übersetzen müssen?«

»Ob ich ein Eiszapfen bin oder nicht, darauf kommt's leider nicht mehr an«, geb' ich zur Antwort.

---

[11] vor Düppel – Anspielung auf die Erstürmung der Düppeler Schanzen durch die Preußen im Krieg gegen Dänemark am 18.4.1864.

»Ja, Sie sind eine goldene Seele«, sagt sie und sieht mich'n bißchen kokett von der Seite an. »Alles, was Sie denken, kommt wie aus der Pistole geschossen ans Tageslicht.«

»Ich weiß aber auch zu schweigen«, sag' ich.

»Oh, das fühl' ich«, erwidert sie hastig, »Ihnen könnt' ich alles, alles anvertrauen.« – Und mir ist, als preßte sie leise meinen Arm.

»Was will sie nur von dir?« frag' ich mich, und das Herz schlägt mir schon hoch oben in der Kehle. –

Nun standen wir vor der Laube – eine Aristolochialaube, wissen Sie, mit den breiten, herzrunden Blättern, die jeden Lichtstrahl abhalten. In so einer Laube ist es immer Nacht, wissen Sie. –

Also, nun läßt sie meinen Arm los, wirft sich auf die Erde und kriecht durch ein kleines Loch – denn alles übrige war verwachsen – in das Dickicht hinein.

Und ich – Freiherr von Hanckel auf Ilgenstein, ein Spiegel der Würde und Gesetztheit – krieche auf allen vieren hinterher durch eine Öffnung, die nicht größer ist als eine Backofentür.

Ja, meine Herren, das machen die Weiber aus uns.

Drinnen in der schummrigen Kühle liegt sie halb ausgestreckt auf einer Lehnenbank und wischt sich mit ihrem Taschentuch um den Hals herum bis unter den schweißfeuchten Taillensaum. Und schön sieht sie aus. Schön sieht sie aus! ...

Und wie ich nun in meiner Atemlosigkeit schnaufend wie cm Bär vor ihr stehe – denn mit siebenundvierzig Jahren fuhrwerkt man nicht mehr ungestraft auf allen vieren 'rum, meine Herren –, da bricht sie in ein Lachen aus – kurz, hart, aufgeregt.

»Lachen Sie mich nur aus«, sag' ich.

»Wenn Sie wüßten, wie wenig mir nach Auslachen zumute ist«, sagt sie und verzieht schmerzlich den Mund.

Dann wird es still ... sie schaut mit gerunzelter Stirn vor sich nieder. – Ihr Busen geht auf und ab.

»Woran denken Sie?« frag' ich.

Sie zuckt die Achseln und sagt: »Denken – wozu denken?« sagt sie. »Ich bin müde, – will schlafen.«

»So schlafen Sie doch«, sag' ich.

»Aber Sie auch«, sagt sie.

»Gut, – ich auch«, sag' ich und setze mich halb ausgestreckt wie sie auf die gegenüberliegende Bank.

»Aber die Augen zumachen«, befiehlt sie weiter.

Und ich mache gehorsam die Augen zu.

Ich sehe Sonnen und hellgrüne Räder und Feuergarben immerzu – immerzu ... So was kommt von dem aufgeregten Blute, meine Herren ... und von Zeit zu Zeit fährt es mir durch den Kopf: – »Hanckel, du machst dich lächerlich.«

So still ist es ringsum, daß ich die kleinen Käfer höre, die auf den Blättern herumlaufen.

Selbst ihr Atmen hat aufgehört.

»Du muß doch sehen, was sie treibt«, sag' ich mir mit dem stillen Wunsche, sie in ihrer schlafenden Herrlichkeit nach Herzenslust bewundern zu können.

Aber als ich verstohlen die Augenlider ein bißchen – ein kleines bißchen – in die Höhe hebe, da seh' ich – und, meine Herren, der Schreck fährt mir wie so ein kaltes Geriesel bis in die Zehenspitzen hinein, – seh' ich ihre Augen ganz starr und groß mit einer wilden und – wenn ich so sagen darf – spähenden Glut auf mich gerichtet.

»Aber Jolanthe, liebes Kind«, sag' ich, »warum sehen Sie mich so an? Was hab' ich Ihnen denn getan?«

Sie fährt in die Höhe, wischt sich wie aus dem Traum über Stirn und Backen und versucht zu lachen. Zwei-, dreimal, kurz, stoßweis, wie vorhin, – und dann bricht sie in Tränen aus und weint und weint, als soll sie sich die Seele aus dem Leibe weinen.

Ich spring' auf und stell' mich vor sie hin. ... Möcht' ihr auch die Hand auf den Scheitel legen, aber dazu reicht meine Courage nicht aus. Und ich frag' sie, ob sie was drückt und ob sie es mir nicht anvertrauen möcht', und dergleichen.

»Ach, ich bin das elendeste, das gottverlassenste Geschöpf«, schluchzt sie. »Aber warum denn?«

»Ich will etwas tun – etwas Entsetzliches –, und ich habe nicht den Mut dazu.« »Na, was ist es denn?«

»Das kann ich nicht sagen! Das kann ich nicht sagen.« Und dabei bleibt sie, soviel ich auch auf sie einrede. Aber allmählich verändert sich ihr Gesicht und wird immer starrer und finsterer.

Und schließlich sagt sie verbissen vor sich hin: »Ich will fort ... weglaufen will ich.«

»Herr Gott, mit wem?« frag' ich ganz verblüfft. –

Sie zuckt die Achseln. – »Mit wem? Es ist ja keiner da, der zu einem hält. ... Nicht einmal ein Hütejunge. ... Aber weg muß ich. ... Hier erstickt einem ja die Hoffnung in der Kehle, Hier geht man ja zugrunde. ... Und weil keiner kommt, drum lauf ich allein weg.«

»Aber, mein liebes, teures Fräulein«, sag' ich, »ich verstehe ja, daß Sie sich etwas langweilen auf Krakowitz. ... Bißchen einsam ist es ja – und Ihr Herr Vater krakeelt auch mit allen Menschen. Aber schließlich, wenn Sie heiraten möchten! – Eine wie Sie braucht doch bloß den kleinen Finger auszustrecken.«

»Oh, gehen Sie«, erwidert sie drauf, »das sind ja alles Phrasen. – Wer wird mich wollen? Wissen Sie einen, der mich will?«

Das Herz klopft mir scheußlich. Ich will's nicht sagen – es ist ja Wahnsinn –, aber da hab' ich's auch schon gesagt: Ich wünschte, ihr beweisen zu können, daß ich meinesteils keine Phrasen machte – oder so was in der Art. –

Denn für eine gerade, ordentliche Werbung fand ich auch jetzt – weiß Gott! – nicht den Mut. Sie schließt die Augen und seufzt tief auf, dann faßt sie mich beim Arm und sagt: »Ehe Sie fortfahren, Herr Baron, will ich Ihnen etwas gestehen, damit Sie nicht zu sehr betrogen werden. Meine Eltern schlafen nicht. ... Meine Eltern haben sich, als sie Ihren Wagen hörten, eingeschlossen, daß heißt Mama ließ sich von ihm zwingen ... das ganze Zusammensein hier im Garten ist abgekartet. ... Ich soll Ihnen den Kopf verdrehen, damit Sie um mich werben kommen. ... Seit Ihrem ersten Hiersein quälen mich beide, Papa und Mama, er mit Schelten, sie mit Bitten, ich solle die Chance nicht vorbeigehen lassen, denn solch eine Partie würde sich mir nicht wieder bieten. ... Herr Baron, vergeben Sie mir: ich wollte nicht! Und wenn ich Sie noch so sehr geliebt hätte, dadurch wären Sie mir verleidet worden ... aber jetzt, nachdem ich das vom Herzen 'runter habe, jetzt will ich! Wenn Sie mich mögen, nehmen Sie mich ... ich gehöre Ihnen.«Meine Herren, versetzen Sie sich in meine Lage: Ein junges, schönes Weib, ein Stück Thusnelda, ein Stück Venus, das sich mir aus Stolz und Verzweiflung an den Hals wirft – und ich selbst ein braver, korpulenter Herr zu Ende der Vierzig. War es nicht eine Art von Kirchenraub, solch ein Glück schleunigst auf und davon zu tragen?

»Jolanthe«, sag' ich, »liebes, liebes Kind – wissen Sie auch, was Sie tun?«

»Das weiß ich«, erwidert sie und lächelt ganz jämmerlich, »ich erniedrige mich vor Gott und mir und Ihnen, ich mache mich zu Ihrer Sklavin, Ihrem Geschöpf und betrüge Sie noch dabei.«

»Sie können mich wohl nicht einmal leiden?« frag' ich.

Da macht sie wieder die lieben, alten, blaßblauen Unschuldsaugen und sagt ganz leise und schwärmerisch: »Sie sind der beste, der edelste Mensch auf der Welt. Ich könnte Sie lieb haben – ich könnte Sie vergöttern – aber –«

»Aber?«

»Ach, das ist alles so häßlich – so unsauber. – Sagen Sie nur, daß Sie mich nicht haben wollen ... verschmähen Sie mich nur ... ich hab' es ja nicht besser verdient.«

Mir war, als drehte sich die Welt mit mir im Kreise. Ich mußte mein letztes Restchen von Vernunft zusammennehmen, um das holde, leidenschaftliche Geschöpf nicht schnurstracks an meine Brust zu ziehen, und mit diesem letzten Restchen sagte ich: »Fern sei es von mir, mein teures Kind, die Erregung dieser Stunde für mich auszubeuten ... es könnte Sie morgen gereuen, und dann wär's zu spät. ... Ich werde acht Tage warten – nehmen Sie sie als Überlegungszeit. ... Und schreiben Sie mir inzwischen keinen Widerruf, so ist die Sache abgemacht, und ich komme zu den Eltern um Sie anhalten. Aber erwägen Sie alles, damit Sie nicht etwa in Ihr Unglück rennen.«

Da ergriff sie meine Hand – diese braune, dicke, schwielige, scheußliche Hand, meine Herren –, und ehe ich's verhindern konnte, hatte sie einen Kuß daraufgedrückt.

Erst viel, viel später sollte mir klar werden, was dieser Kuß bedeutet hat.

Als wir zur Laube hinausgekrochen waren – ich auf dem Bauche hinter ihr drein –, da hörten wir schon von weitem den Alten schreien: »Ist es möglich? Hanckel – mein Freund Hanckel ist hier? Warum habt ihr mich nicht geweckt, ihr Halunken, ihr Aaskröten, ihr Schweinezeug! Mein Freund Hanckel ist da, und ich schnarche – ihr Karrnaillen!«

Jolanthe wurde vor Scham blutrot, und ich sagte, um ihr den peinlichen Augenblick zu erleichtern: »Lassen Sie man, ich kenn' ihn ja.«

Ja, ja, meine Herren, den Alten kannt' ich, aber seine Tochter kannt' ich nicht.

IV

Na, so weit wären wir nun. – Als ich nach Hause fuhr, wiederholte ich mir alle Augenblicke:»Hanckel, was bist du für ein Glückspilz. Ein solches Kleinod in deinem Alter... Nu tanze, nu schreie, nu benimm dich wie ein Verrückter. Das Erlebnis des heutigen Tages verlangt es von dir.«

Aber, meine Herren, ich tanzte nicht, ich schrie nicht, ich revidierte die eingelaufenen Belege und ließ mir ein Glas Grog, machen. Das war der ganze Jubel.

Am nächsten Tage kam Lothar Pütz im hellblauen Interimsrock bei mir vorgefahren.

»Noch immer in Kommiß, mein Sohn?« frag' ich.

»Der Abschied ist noch nicht eingetroffen«, sagt er und sieht mich grimmig von unten an, als ob ich an dem ganzen Unglück schuld wäre. »Übrigens, mein Urlaub geht zu Ende. Ich muß nach Berlin.«

Ich frag' ihn, ob er nicht Nachurlaub fordern könne, aber ich merke, er will nicht. – Hat Kasinoweh. – Wir kennen das. – Auch muß er seine Möbel verkaufen, erklärt er, und die Angelegenheit bei den Gurglern in Ordnung bringen.

»Na, denn zieh mit Gott, mein Sohn«, sag' ich und schwanke einen Augenblick, ob ich ihm mein junges Glück anvertrauen soll. Aber ich fürchte das dumme Gesicht, das ich bei diesem Geständnis machen werde, und darum unterlass' ich's. – Zudem rechnete ich immer noch mit einer demnächst eintreffenden Absage, ja, wenn ich bis auf den Grund meines Herzens bohren soll, – wie ich mich davor fürchtete, so hoffte ich auch darauf. –

Es war ein Gefühl – wie – aber wozu in Gefühlen 'rumklauben – die Tatsachen werden ja sprechen.

Am Morgen des achten Tages brachte der Postbote ein goldgerändertes Kuvert, das ihre Handschrift trug.

Zuerst empfand ich einen heftigen Schreck, mir traten die Tränen in die Augen, und ich sagte zu mir: »So, mein Sohn, jetzt bist du endgültig zum alten Eisen geworfen.«

Zu gleicher Zeit aber kam eine friedliche Entsagung über mich, und während ich den Goldrand mit der Schere abschnitt, wünschte ich beinahe, es möchte ein unverblümter Korb sein und weiter nichts. Aber ich las:

»Mein Freund!

Mein Entschluß hat sich abgeklärt und gefestigt, wie Sie es verlangten. Ich erwarte Sie heute bei meinem Vater.

Jolanthe.«

Na ja, die Freude! Die Freude in so 'nem Augenblicke versteht sich wohl von selbst.

Aber dann die Scham! die Scham! Ja, meine Herren, ich schämte mich ... schämte mich vor aller Welt, und wenn ich an alle die zweifelnden und hämischen Blicke dachte, denen ich binnen kurzem ausgesetzt sein sollte, so hätte ich am liebsten noch einmal zurückgezoppt. –

Aber die Stunde war da! Auf, nach Valencia![12]

Zuerst machte ich mich schön. Beim Rasieren schnitt ich nur zweimal ins Kinn. Ein Reitknecht mußte zwei Meilen weit zur Apotheke sprengen, um fleischfarbenes Heftpflaster zu holen, weil nur schwarzes im Hause war. ... Die Weste wurde so enge geschnallt, daß der Magendruck mir den Atem benahm, und meine alte Schwester geriet in helle Verzweiflung, weil das Halstuch immer noch genialer sein sollte. –

Und bei dem allen verließ mich für keinen Augenblick der entsetzliche Gedanke: »Hanckel, Hanckel, du machst dich lächerlich.«

Meine Auffahrt auf Krakow hingegen war pompös. – Zwei Apfelschimmel eigener Zucht – das silberne Kummetgeschirre – der neue, mit Bordeauxatlas ausgeschlagene Landauer. Kein Fürst auf der Erde kann stolzer freien kommen.

Aber mir bubberte das Herz in gottsjämmerlicher Feigheit. Der Alte empfängt mich an der Tür. ... Tut, als ahnt er nicht das mindeste.

---

[12] Auf, nach Valencia – Aus Pius Alexander Wolffs Singspiel Preciosa, vertont von K. M. v. Weber.

Wie ich ihn um eine Unterredung bitte, stutzt er und macht ein Gesicht wie einer, der eine unverhoffte Anpumpung wittert.

»Na, du wirst ja bald Flagge hissen«, denk' ich, denn ich erwarte natürlich auf das Stichwort hin ein gutgespieltes Rührstück mit Umarmungen, Freudentränen und dem ganzen übrigen Apparate.

So eitel wird man, meine Herren, wenn man das große Portemonnaie hat.

Aber der alte Fuchs verstand sich auf den Handel und wußte, daß man den Käufer madig machen muß, will man die Ware in die Höhe treiben.

Als ich meine Werbung angebracht hatte, sagte er, ganz geschwollen von plötzlicher Würde:»Verzeihung, Herr Baron wer bürgt mir dafür, daß diese Ehe, die – drehen wir die Sache, wie Sie wollen – immer etwas Unnatürliches an sich haben würde – auch zu einem glücklichen Ziele führt? – Wer bürgt mir dafür, daß meine Tochter mir nicht in zwei Jahren eines Abends barhaupt und im Nachtgewande ins Haus gelaufen kommt und mir erklärt: Vater, ich kann mit dem alten Manne nicht leben. Behalte mich bei dir.«

Ach, meine Herren, das war hart!

»Und in Anbetracht aller dieser Umstände«, fährt er fort, »bin ich als ehrlicher Mann und Hausvater nicht imstande, Ihnen meine Tochter anzuvertrauen –«

Also abgewiesen, zum Narren gehalten. Ich stehe auf, denn die Affäre scheint beendet, aber er drückt mich eiligst in den Stuhl zurück.

»– oder wenigstens mit Beobachtung derjenigen Formen anzuvertrauen, die ein Mann wie ich einem Manne wie Ihnen schuldig zu sein glaubt – oder – um mich deutlicher auszudrücken – durch die ein Vater die Zukunft seiner Tochter sichern hilft – oder – um mich noch deutlicher auszudrücken – diejenige Brautgabe –«

Da platz' ich aber los und lache, was ich kann. –

Der Filou! der Filou! Um die Mitgift hat er sich 'rumdrücken wollen! Dazu die ganze Komödie!

Wie er mich lachen sieht, schickt er Würde und Pathos und Schamgefühl zum Teufel und lacht aus vollem Halse mit ... und dann sagt er: »Ja, wenn Sie so sind, Alterchen«, sagt er, »hätt' ich das man gleich gewußt ... Ja, Gott, sehen Sie, ich hab's ja dazu ... aber man will doch probieren! Vielleicht geht's – vielleicht geht's nicht ...«

Und somit waren wir handelseinig.

Dann wurde die Baronin hereingerufen, und zu ihrer Ehre sei's gesagt, sie vergaß die ihr zugeteilte Rolle und fiel mir um den Hals, noch ehe der Alte ihr schandenhalber die Situation erklärt hatte.

Aber Jolanthe!

Blaß wie der Tod – die Lippen aufeinandergebissen, die Augen halb zu – erschien sie auf der Schwelle, reichte mir stumm beide Hände und ließ sich regungslos wie ein Stein von den Eltern küssen.

Sehen Sie, das gab mir doch wieder zu denken.

V

Was ich gefürchtet hatte, meine Herren, traf nicht ein. Offenbar hatte ich mein Ansehen und meine Beliebtheit im Kreist unterschätzt. – Die Verlobung fand die Billigung eines hohen Adels wie des wohllöblichen Publikums, und wo sich mir eine Hand zum Glückwünschen entgegenstreckte, da sah ich auch ein strahlendes Gesicht.

Freilich ist ja in solcher Zeit die ganze Welt wider einen verschworen, um einen mit freudigen Mienen und Gebärden noch tiefer in sein Verhängnis hineinzulocken, um dann in dem Momente, in dem die Sache schief zu gehen droht, einem die gefletschten Zähne entgegenzukehren.

Wie dem auch sei, ich gewöhnte mir allmählich ab, mich zu schämen, und tat, als hätte ich ein Recht auf so viel Jugend und Schönheit.

Rührend benahm sich meine alte Schwester, obwohl sie die einzige war, die durch meine Heirat direkten Schaden hatte, denn sie sollte am Hochzeitstage Ilgenstein verlassen und auf Gorowen, unserem alten Witwensitze, kaltgestellt werden.

Sie vergoß Ströme von Freudentränen, erklärte, das Gebet ihrer Nächte sei erhört, und war in meine Braut verliebt, noch eh' sie sie kannte.

Was würde erst Pütz gesagt haben, der in die Grube gefahren war, ohne sich den Kuppelpelz verdient zu haben?

An seinem Sohne, dacht' ich, soll's vergolten werden.

Vorerst schrieb ich ihm einen langen Brief, bat quasi um Verzeihung, daß ich im Hause seines Erbfeindes auf die Freite gegangen war, und sprach die Hoffnung aus, es werde auf diese Weise der alte Zwist zu seinem Ende kommen.

Die Antwort ließ lange auf sich warten. – Ein paar dürre Worte als Gratulation und hinterdrein die Erklärung, er werde seine Rückkehr so lange verzögern, bis die Hochzeit gefeiert sei; es würde ihn schmerzlich berühren, an meinem Ehren- und Freudentage in der Heimat zu sein und trotzdem an meiner Seite fehlen zu müssen. –

Das, meine Herren, wurmte mich, denn ich hatte den Schlingel wirklich lieb.

Ach ja – und meine Braut machte mir Sorgen.

Schwere Sorgen, meine Herren.

Es war keine rechte Freudigkeit in ihr, wissen Sie. Wenn ich eintrat, fand ich ein blasses, kaltes Gesicht, und ihre Augäpfel verschwammen unter den Lidern, so trübe war ihr Blick. Erst wenn ich sie in die Ecke nahm und frisch darauflos redete, dann erheiterte sie sich allgemach und zeigte mir selbst eine gewisse kindliche Zärtlichkeit.

Aber, meine Herren, wie fein benahm ich mich auch! Scheußlich fein, sag' ich Ihnen! Ich ging mit ihr um, als wäre sie die berühmte Prinzessin mit der Erbse gewesen. – Jeden Tag entdeckte ich neue Fähigkeiten zur Herzensfeinheit in mir. Ich wurde ordentlich stolz auf meine zarte Konstitution; nur manchmal bekam ich Sehnsucht nach einer klobigen Zote oder einem fetten Donnerwetter.

Und das ewige Aufpassen, wissen Sie, das strengte mich an. Ich habe ja, Gott sei Dank, ein weiches und warmes Herz, und das weiß sich in die Bedürfnisse eines andern Herzens wohl zu finden. Auch ohne Gehabe und Getue. Aber mir war doch wie etwa dem Seiltänzer, der mit verbundenen Augen losmarschiert. Ein Fehltritt rechts – oder ein Fehltritt links – plumps – er liegt unten.

Und wenn ich heimkam in mein großes, leeres Wohnhaus, wo ich nach Herzenslust gröhlen, quietschen, knallen, fluchen, pfeifen und weiß Gott was sonst noch konnte, ohne daß ich einen beleidigte und er vor mir schauderte – da kribbelte mir das alte Behagen wohltätig am Genick herunter, so daß ich mir manchmal sagte: »Gott sei Dank, noch bist du ein freier Mann.«

Nicht auf lange mehr. Der Hochzeit stand nichts entgegen. Sie sollte in sechs Wochen gefeiert werden.

Mein liebes Ilgenstein geriet unter die Tyrannei einer Schar von frechen Handwerkern, die nach Belieben alles von oben nach unten kehrten und alle meine Wünsche mit der Redensart: »Herr Baron, das ist nicht geschmackvoll«, einfach in Grund und Boden bohrten. Und – Gott! – ich ließ sie gewähren.

Denn vor dem sogenannten »guten Geschmack« hab' ich damals noch einen Heidenrespekt gehabt. Erst viel später bin ich mir klar geworden, daß in den meisten Fällen nichts wie Schwäche und eine gewisse verschämte oder auch unverschämte Armut dahinter steckt.Na, kurz und gut, unter dem Schutze dieses verfluchten guten Geschmacks hauste die Bande so mörderlich, daß in meinem braven, alten Schlosse schließlich nichts mehr übrig blieb als mein Jagd- und mein Arbeitszimmer. – Hierdrin hatte ich mir jeden guten Geschmack auf das Energischste verboten. –

Und mein altes, schmales Feldbett, natürlich! Daran durfte mir keiner rühren.

Ach ja, meine Herren! dieses Bett!

Und nun hören Sie zu: Eines Tages kommt meine Schwester, die übrigens mit den Schweinekerlen ganz unter einer Decke steckte, zu mir ins Zimmer – mit einem so gewissen bittersüßen und verschämten Lächeln, wie's alte Jungfern allemal an sich haben, wenn die Frage gestreift wird, wie die Kinder zur Welt kommen.

»Ich habe mit dir zu reden, George«, sagt sie, räuspert sich und guckt in die Ecken.

»Na, bitte, leg los«, sag' ich.

»Wie denkst du dir«, stottert sie – »ich meine natürlich, mein' ich, siehst du – in dem abscheulichen Bett mit dem Strohsack und den Gurten wirst du doch nicht länger schlafen können.«

»Nanu, laß mir doch mein Vergnügen«, sag' ich.

»Du verstehst mich nicht«, lispelt sie immer verschämter, »ich meine nachher – wenn nämlich – das heißt nach der Hochzeit.«

Potz Deiwel! daran hatt' ich noch nicht gedacht! Und ich alte Schwarte mache ein verschämtes Gesicht – gerade so wie sie. –

»Man wird mit dem Tischler reden müssen«, sag ich.

»Mein lieber George«, meint sie sehr wichtig, »du verzeihst, wenn ich davon mehr verstehe als du.«

»Ei, ei«, sag' ich und droh' ihr mit dem Finger, denn ihre Jung-fräulichkeit 'n bißchen in Verlegenheit zu setzen, war von alters her mein Hauptvergnügen.

Sie wird ganz rot und sagt: »Ich habe bei meinen Jugendfreun-dinnen, der Frau von Housselle und der Gräfin Finkenstein, Schlaf-zimmereinrichtungen gesehen – wundervoll –ganz wundervoll – so was *mußt* du dir anschaffen.«

»Na, man zu«, sag' ich.

Nämlich, weil ich wußte, daß mein Schwiegervater, der alte Ruppsack, auch für die Aussteuer am liebsten keinen Heller ausge-ben wollte, hatte ich einmal geäußert, es sei alles vorhanden, und hatte rasch das Nötige in Berlin und Königsberg bestellt. – Das Bett aber natürlich hatt' ich vergessen.

»Was möchtest du wohl lieber«, fängt sie wieder an, »rosa Seide mit schlichtem Tüll darüber oder blau mit Valenciennesspitzen? Vielleicht sagen wir auch dem Maler, der den Speisesaal ausmalt, daß er den Plafond mit ein paar Amoretten schmückt.«

Ach – ach – ach – meine Herren, wie wurd' mir da zumute!

Ich und Amoretten!

»Das Bettgestelle«, fährt sie unbarmherzig fort, »kann ja fertig nicht mehr hergestellt werden.«

»Nanu?« sag' ich, »in sechs Wochen kein Bettgestelle?«

»Aber, George! ... Die Zeichnungen, die Pläne brauchen allein ei-nen Monat.«

Ich schielte ganz traurig nach meiner alten, lieben Klappe ... für *die* waren keine Pläne nötig gewesen ... die war aus sechs Brettern und vier Pfählen in einem Vormittag zusammengeschlagen worden.

»Das beste wäre«, meint sie weiter, »wir schrieben an Lothar, daß er das Schönste und Kostbarste aussucht, was in den Berliner Ma-gazinen zu finden ist.«

»Mach, was du willst, und laß mich in Ruh'«, sag' ich ärgerlich, und wie sie gekränkt weggehen will, schrei' ich ihr noch nach: »Aber schärf du ja dem Maler ein, daß die Amoretten mir ähnlich werden.«

Da haben Sie, meine Herren, ein Beispiel von meiner Bräutigamsstimmung.

Und je näher die Hochzeit rückte, desto unheimlicher wurde mir.–

Nicht daß ich Angst gehabt hätte – oder vielmehr ja – ich hatte eine Heidenangst – aber abgesehen davon, es war das Gefühl einer Schuld, eines Unrechts, eines – wie soll ich sagen?

Wenn ich nur gewußt hätte, an wem? – An ihr nicht – denn sie wollte es so. An mir nicht – ich war ja ein sogenannter Glücklichster aller Sterblichen.

An Lothar? – Vielleicht! – Dem armen Jungen, der auf mich hoffte wie auf seinen zweiten Vater, zog ich den Boden unter den Beinen weg, indem ich mit Sack und Pack in das Lager seiner Todfeinde überging.

So hielt ich das Wort, das ich Pütz auf dem Totenbette gegeben hatte.

Meine Herren, wer sich jemals unter dem Druck der Verhältnisse im Heerlager der Schufte vorgefunden hat – und fast jedem braven Manne passiert das im Leben einmal – wird mich verstehen.

Ich sann und sann Tage und Nächte und biß mir die Nägel blutig. Und da ich keinen andern Ausweg fand, beschloß ich den Zwist auf meine Kosten aus der Welt zu schaffen.

Leicht wurde es mir nicht, denn Sie wissen, meine Herren, wir Landwirte hängen an unseren paar Groschen. Aber was tut man nicht, wenn man offiziell »ein guter Kerl« heißt?

Ich geh' also eines Nachmittags zu meinem Schwiegervater ins sogenannte Arbeitskabinett, wo er sich gerade auf der Chaiselongue räkelt, und mach' ihm etwas zaghaft den Vorschlag einer Versöhnung. – Um auf den Busch zu klopfen – natürlich. – Wie ich erwartet habe, kriegt er sofort den Koller, schimpft, verschluckt sich, wird blaurot und erklärt, mir die Türe weisen zu wollen.

»Wenn er nun aber sein Unrecht einsieht und den Prozeß verloren gibt?« frag' ich.

Meine Herren, haben Sie einmal einen Dachs gekitzelt? Ich meine: einen gezähmten oder halbgezähmten. Wenn er Sie mit den verschlafenen, kleinen Augen halb argwöhnisch und halb wohlgefällig anblinzelt und dazu leise vor sich hinfaucht? ...

Genau so benahm sich der Alte.

»Tut er nich«, sagte er dann.

»Wenn er's aber doch tut?« frag' ich.

»Dann bist du derjenige, der den ganzen Rummel bezahlt«, sagt mir der Schlauberger auf den Kopf zu.

»Soll ich leugnen?« denk' ich... »Ach, hol's der Teufel!« Und ich geh' die Sache zu.

»Ne!« sagt er kurzweg. »Is nich, mein Jungchen, nehm' ich nicht an.«

»Aber warum nicht?«

»Wegen der Kinder natürlich. – Ich muß doch an meine Enkelkinder denken, falls deine Großmut mir welche beschert. ... Ich geb' ihnen schon keine Mitgift, soll ich ihnen auch noch das Stroh aus dem Neste stehlen, in dem sie geboren werden? Den Prozeß gewinn' ich sowieso, wenn's auch noch ein paar Jahre dauert; ich kann warten.«

Ich lege mich also aufs Zureden. »Das Geld bleibt doch in der Familie«, sag' ich. »Ich zahl' es, und du bekommst es. Nach deinem Tode fällt es ja doch an mich zurück.«

»Aha! du wartest wohl schon auf meinen Tod?« sagt er und fängt von neuem zu kollern an. »Willst wohl, ich soll mich lebendig in die Grube legen, damit du dich mit Krakowitz arrondieren kannst? Ist dir wohl schon lange ein Dorn im Auge, mein schönes Krakowitz?«

Da mit so viel Unvernunft nicht zu streiten war, beschloß ich ein Gewaltmittel.

»Hör mein letztes Wort, Vater«, sag' ich. »Ausgleich und Versöhnung mit Lothar Pütz ist die einzige Bedingung, unter der ich in deine Familie treten kann. Willigst du nicht ein, so muß ich Jolanthe bitten, mich freizugeben.«

Da wurde er weich.

»Man kann mit dir auch kein gefühlvolles Wort reden«, sagt er. »Ich denke an deine Kinder, die armen, ungeborenen Würmer, und du denkst sofort an Verlobungaufheben und dergleichen. – Wenn du die Sache durchaus auf diese Weise ordnen willst, so werd' ich dir dein Vergnügen nicht stören Gegen den Lothar Pütz persönlich hab' ich gar nichts. Im Gegenteil! Er soll ja ein strammer Junge sein – schneidiger Reiter, flotter Courmacher – aber, mein alter Sohn, ich rate dir gut: du kriegst eine junge Frau ins Haus. Wäre sie nicht meine Tochter und infolgedessen über jede Anfechtung erhaben, so würde ich dir an die Hand geben: Verfeinde dich mit ihm, fordere ein altes Darlehen zurück, anstatt daß du ihm ein neues gibst. Sicher ist sicher, weißt du.«

Meine Herren, bis zu diesem Augenblicke hatt' ich ihn humoristisch genommen, von jetzt an haßte ich ihn. – Na, erst die Hochzeit! hernach wollte ich ihn mir schon vom Halse halten.

Noch war ein schweres Stück zu tun, nämlich Lothar zu überzeugen, daß der Alte sein Unrecht eingesehen habe und auf die Fortführung des Prozesses zu verzichten entschlossen sei.

Der Streich gelang.

Lothar wunderte sich so wenig, daß er sogar das Danken vergaß.

Na, meinetwegen! –

Von meiner Braut hab' ich Ihnen schon erzählt. Lassen Sie's damit genug sein.

Das Gewebe solcher Beziehungen mit ihren Annäherungsversuchen und Erkältungen, mit ihrem Auf und Nieder von Vertrauen und Scheu, von Hoffnung und Niedergeschlagenheit ist zu fein gesponnen, als daß meine plumpen Hände versuchen sollten, es vor Ihnen auseinanderzufasern.

Zu ihrer Ehre sei's gesagt: sie versuchte redlich, sich in mein Wesen hineinzuleben.

Sie lauschte mir meine Neigungen ab, ja sie suchte sogar ihre Gedanken den meinigen anzupassen. Da war leider nicht mehr viel zu holen. Wo ihr junger, frischer Geist lebendige Interessen bei mir voraussetzte, gab es oft nichts als längst erstorbenes Ödland. – Denn das ist ja das Entsetzliche des Alters, daß es langsam einen Nerv nach dem andern in uns abstumpft. Kommen wir erst gegen die Fünfziger, dann werden Arbeit und Ruhe in gleicher Weise unsere Mörder.

Damals waren rote Schlipse modern. – Ich trug einen roten Schlips, ich trug auch spitze Stiefel und ließ mir seidene Aufschläge auf meine Rockklappen nähen.

Ich machte ihr reiche Geschenke. Ein Perlenkollier, das zwölftausend Mark kostete, und einen berühmten Solitär, der in Paris zur Auktion gekommen war. Frische Rosen und Orchideen kamen jeden Tag mit der Bahn für sie an, denn die Blumen aus eigener Zucht waren weniger wert als meine Fohlen.

Überhaupt, wissen Sie, meine Fohlen – aber nein, davon wollt' ich ja nicht erzählen.

VI

So! – Und nun, meine Herren, mach' ich einen dicken Strich und komm' auf meinen Hochzeitstag zu sprechen.

Mein Herr Schwiegerpapa, der wie die Katzen stets auf die Beine fiel, hatte beschlossen, die Beliebtheit meines Namens für sich auszunutzen und bei Gelegenheit meines Hochzeitsfestes die Verbindungen mit all den Leuten, die ihm seit langem mit Vorsicht aus dem Wege gingen, wieder anzuknüpfen.

Er griff tief in seinen Beutel und veranstaltete eine ungeheure Feier, bei welcher, wie er sich ausdrückte, der Sekt in Rinnen an der Tafel lang geleitet werden sollte.

Daß mir das ganze Trara ein Greuel war, versteht sich von selbst, aber ein Bräutigam ist eben ein lächerliches Geschöpf, dem die Willensorgane zeitweilig aus dem Hirnschädel 'raus geschält sind.

Am Morgen des großen Tages – ich sitze mißmutig in meinem Arbeitszimmer, und das ganze Haus stinkt nach Ölfarbe – da tut sich die Tür auf, und Lothar kommt 'rein.

Sehr lustig – scheinbar – sehr mobil... in langen Ökonomenstiefeln ... fällt mir um den Hals – »Hurra, Onkel!« – ist die Nacht durch gefahren, um zur Zeit zu kommen – gestern auf Hoppegarten großen Preis erkämpft – geritten wie der Deibel – Genick doch nicht gebrochen – dann gesoffen wie 'ne Haubitze – und doch frisch wie'n junger Gott – wird tanzen wie 'n Brummkreisel große Überraschungen mit gebracht – feurigster Natur – soll ihm sofort ein Viertelhundert Leute zum Einexerzieren geben, und so weiter.

Das quillt und quirlt nur so aus seinem Munde, und dabei zucken ihm die schwarzen Brauen ohne Aufhören auf und nieder, und die Augen glühen wie Kohlen drunter hervor.

»Das ist die Jugend«, denk' ich und verschluck' einen Seufzer. Hätt' ich ihm diese Augen auf vierundzwanzig Stunden abborgen mögen ... und alles andre dazu.

»Nach meiner Braut erkundigst du dich gar nicht?« frag' ich.

Er lacht sehr laut – »Onkel, Onkel, Onkel«, ruft er, »was sind das für Geschichten? Du und heiraten? Du und heiraten? Und ich brenne die Raketen ab! Hurra!«

Und mitten im Lachen jagt er aus dem Zimmer.

Ich rauch' meine Zigarre zu Ende und bin sehr niedergeschlagen. ... Nachher will ich einen Inspektionsgang durch die neu hergerichteten Räume machen.

Vor der Schlafzimmertür kriegt mich meine Schwester zu packen, die eben ihre Siebensachen aufladen ließ.

»Hier wird nicht 'reingegangen«, sagt sie, »das ist eine Überraschung für euch beide.«

Uns beide? Dummheit!

Gegen elfe fang' ich an, mich anzuziehen. ... Frack kneift in den Achseln ... Stiefel drücken auf den Ballen – ich leide nämlich seit dreißig Jahren an geschwollenen Ballen, eine Folge der Pützschen Bowlen ... Hemde wie ein Brett ... Schlips zu kurz. – Alles in allem scheußlich.

Gegen zwei fahr' ich ins Hochzeitshaus.

Und nun, meine Herren, kommt ein Traum – kein schöner – durchaus nicht. Eher eine Art Alpdrücken mit all den Gefühlen des Taumelns, des Erstickens, des Erwürgtwerdens und des In-den-Abgrund-Sinkens. ...

Und doch wieder voll glücklicher Momente: »Es wird gehen! Du hast dein gutes Herz und deinen guten Willen ... du wirst ihr die Hände unter die Füße legen. Sie wird wie eine Königin gefeiert über die Erde schreiten und ihre Fesseln gar nicht spüren.«

Während ein Wagen nach dem andern auf den Hof gedonnert kam und sich an den Fenstern eine Galerie von fremden Gesichtern aufstaute, lief ich wie besessen im Garten herum, knetete mit meinen neuen, schönen Lackstiefeln die Herbstmatsche und ließ mir die Tränen über die Backen laufen.

Lange dauerte das Vergnügen nicht.

Man schrie nach mir von allen Seiten.

Ich ging ins Haus. Der Alte, ganz doll vor Freude, all seine alten Feinde und Widersacher, alle, die er jemals angerempelt, beleidigt und übers Ohr gehauen hatte, als Gäste bei sich zu haben, lief von einem zum andern, zerdrückte jedem die Hände und schwur ihm ewige Liebe.

Ich wollte ein paar Freunde begrüßen, aber man schob mich mit Hallo in das Zimmer, in welchem, wie es hieß, meine Braut auf mich wartete.

Da stand sie.

Ganz in weißer Seide. Der Brautschleier wie eine Lichtwolke um sie 'rum. Der Myrtenkranz schwarz und stachlig auf ihrem Haar – wie so eine Dornenkrone.

Ich mußte eine Sekunde lang die Augen schließen. So schön war sie.

Sie reichte mir beide Hände und sagte: »Bist du zufrieden?«

Dabei sah sie mich mild und hingebungsvoll an, und ihr Gesicht mit dem Lächeln drauf war wie eine marmorne Maske.

Da überwältigten mich Glück und Schuldbewußtsein. Ich hätte vor ihr in die Knie sinken und sie so um Verzeihung bitten mögen, daß ich es wagte, sie für mich zu begehren, aber ich schämte mich, weil die Schwiegermutter hinter ihr stand. –

Brautjungfern und sonstige Albernheiten waren auch da...

Ich stammelte etwas, was ich selber nicht verstand, und weil ich weiter nichts zu sagen wußte, ging ich vor ihr hin und her und knöpfte meine Handschuhe immer auf und zu – zu und auf.

Die Schwiegermutter, die auch nicht wußte, was sie sagen sollte, legte ihr die Falten des Schleiers zurecht und sah mich halb vorwurfsvoll und halb ermutigend von der Seite an.

Bei jedem Rundgange schritt ich auf einen Spiegel los, so daß ich 'reinschauen mußte, ob ich wollte oder nicht. Ich sah meine kahle Stirn und die krebsroten Backen mit den Hängefalten darunter und die Warze unter dem linken Mundwinkel. Ich sah den Kragen, der viel zu eng war, denn auch die weiteste Nummer hatte nicht zugereicht, und sah den roten, fetten Hals, der ringsherum wie ein Kranz darüber hinausgequollen war ...

Ich sah das alles, und bei jedem Umkehren durchfuhr mich ein Gefühl, das halb Wahnsinn und halb Ehrlichkeit war, als müßte ich ihr zuschreien: »Erbarm dich deiner! Noch ist es Zeit. Laß mich laufen.«

Notabene: Eine Ziviltrauung existierte damals noch nicht.

Ich hätt' es ja nie über die Lippen gebracht, und wenn ich tausend Jahre so hin und her gewandert wäre, aber als der Alte flink wie ein Wiesel hereingeschlüpft kam und mir zurief: »Vorwärts! der Pfarrer wartet«, da empfand ich das doch mißliebig wie eine Durchkreuzung meiner Pläne.

Ich bot ihr den Arm ... die Flügeltüren wurden aufgerissen.

Gesichter! Gesichter! Endlose Massen von Gesichtern! Eines wie an das andre geklebt. ... Und alle glotzten sie mich höhnisch an, als wollten sie sagen: »Hanckel, du machst dich lächerlich.«

Es hat sich eine Gasse gebildet. Wir schreiten hindurch, und ich denke in der Totenstille immerzu: »Merkwürdig, daß keiner loslacht.«

Dann kommt der Altar, den der Alte aus einer großen Pflanzenkiste mit rotem Fahnentuch drumherum furchtbar kunstvoll aufgebaut hat. ... Eine ganze Ausstellung von Blumen und Lichtern drauf – ein Kruzifix in der Mitte wie bei einem Begräbnis.

Der gute Pfarrer steht vor uns, macht seine tüchtige Amtsmiene und streicht sich die weiten Ärmel des Talars zurück wie ein Tausendkünstler, wenn er zaubern will.

Zuerst ein Lied ... fünf Verse ... dann die Predigt...

Von ihrem Inhalt hab' ich keine Ahnung, denn plötzlich fährt mir ein niederträchtiger Gedanke durch das Hirn, der sich mit Blitzgeschwindigkeit zur fixen Idee ausbildet und mich nicht mehr aus den Klauen läßt: »Sie wird Nein sagen.«

Und je näher der entscheidende Augenblick kam, desto mehr würgte mir die Angst die Kehle zu. ... Schließlich zweifelte ich gar nicht mehr, daß sie Nein sagen würde.

Meine Herren, sie sagte: Ja!

Wie ein Verbrecher, der eben das »Nichtschuldig« gehört hat, so atmete ich auf...

Und nun das Kurioseste: Kaum war das Wort gefallen und die Sorge, blamiert zu werden, von mir genommen, da war auch schon der Wunsch in meinem Herzen: »Ach, hätte sie doch Nein gesagt.«

Nach dem Amen gab's ein Gratulieren ohne Ende. Mit einer ordentlichen Inbrunst ergriff ich eine Hand nach der andern. »Danke« hier – »danke« dort. ... Jedem Hanswurst war ich in tiefster Seele dankbar, weil er mich für das gute Essen und Trinken, das er erwartete, mit seinem gnädigen Glückwunsch beschenkte.

Nur einer fehlte noch: Lothar.

Unter den letzten stand er und sah ganz grün aus, als hungere er oder langweile sich.

»Da ist er, Jolanthe«, sag' ich und krieg' ihn zu packen, »Lothar Pütz – Pützens Einziger ... Mein Goldjunge! – Gib ihm die Hand! Sag Lothar zu ihm.« Und weil sie noch zögerte, schob ich ihre fünf Finger in die seinen und dachte bei mir: Gott sei Dank, daß er da ist, – der wird uns über manche schlimme Stunde hinweghelfen.

Lächeln Sie nicht, meine Herren! Was Sie denken, es werde sich nun im Laufe der Ehe langsam ein liebevolles Verhältnis zwischen den beiden Leutchen herausbilden, davon ist nicht die Rede.

Bißchen Geduld! Es kommt ganz anders.

Also: man ging zu Tische.

Ganz proper: Blumen – Silberzeug – Baumkuchen – alles in Fülle.

Ein Gläschen Sherry zum Anwärmen des Magens machte den Anfang.

Der Sherry war gut, aber das Gläschen war klein ... und mehr davon konnte ich nicht entdecken.

»Du mußt jetzt sehr galant und zärtlich gegen sie sein – der Anstand verlangt das so«, sagte ich zu mir und schielte nach rechts. Ihr Ellbogen berührte leise meinen Arm. Ich fühlte, wie sie zitterte.

»Das ist der Hunger«, dachte ich, denn ich hatte auch noch rein nichts gegessen.

Ihre Augen hingen ganz starr an dem Kandelaber, der vorstand. Dessen Silberglanz war mit den Jahren welk und runzlig geworden wie die Haut von einem alten Weibe.

Ihr Profil! Gott, war das schön, dies Profil!

Und das sollte mir gehören.

Unsinn!

Und ich trank ein Wasserglas von dem blonden Weißwein aus, der mir in dem leeren Magen gluckste wie die Blasen in einem Ententümpel.

»Auf diese Weise komm' ich zu keiner Zärtlichkeit«, dachte ich und sah mich sehnsüchtig nach dem Sherry um. –

Dann gab ich mir einen Ruck. »Iß doch etwas!« sagte ich und dachte wunder welche Leistung vollbracht zu haben.

Sie nickte und führte den Löffel zum Munde.

Nach der Suppe gab es einen guten Fisch ... Rheinsalm, wenn ich nicht irre ... die Sauce hatte den richtigen Zusatz von Kognak, Zitronensaft und Kapern ... kurz, die Sache war delikat.

Dann kam ein Rehrücken ... ganz gut, wenn auch noch ein bißchen frisch. – Nun, hierüber gehen die Ansichten ja auseinander.

»Iß doch etwas«, sagte ich zum zweitenmal und machte dabei die Lippen spitz, damit die Leute das, was ich ihr zuflüsterte, für ein Kompliment oder eine Zärtlichkeit halten möchten.

Ne, so kam ich nicht vorwärts. Ich hatte schon die zweite Flasche von dem blonden Weißwein hinter mir und fing an, mich aufzublähen wie eine Trommel.

Ich sah mich nach Lothar um, der von seinem Vater eine Witterung für alles Trinkbare geerbt hat, aber der war irgendwo unten mang die Lämmer untergebracht.

Da rettete mich ein Toast, der mir erlaubte, aufzustehen. Beim Rundgang entdeckte ich eine kleine, aber gewählte Gesellschaft von Sherryflaschen, die der Alte hinter einer Gardine versteckt hatte.

Rasch nahm ich zwei Flaschen an mich und begann unverzüglich, mir Mut anzutrinken.

Es ging langsam, aber es ging; – denn, meine Herren, ich kann mir etwas bieten.

Nach dem Rehrücken kam ein Salmi[13] von Rebhühnern. – Zweimal wilde Tiere nacheinander ist nicht gerade geschickt, aber es schmeckte vorzüglich.

Um diese Zeit begann sich von der Decke so etwas wie eine Nebelwand loszulösen und langsam, langsam herabzusinken.

Um diese Zeit warf ich mit Galanterien nur so um mich.

Meine Herren, ich war ein Schwerenöter um diese Zeit.

Ich nannte meine Braut »Zauberin« und »holde Fee«, erzählte eine pikante Jagdgeschichte und erklärte meiner Umgebung, wozu die Erfahrungen gut sind, die ein moderner Junggeselle vor seiner Heirat gemacht hat.

Kurz, meine Herren, ich war unwiderstehlich.

Aber die Nebelwand sank immer tiefer und tiefer.

Man sieht dergleichen, wissen Sie, in Gebirgen oft, wenn zuerst die höchsten Gipfel verschwinden, und dann allmählich eine Wand, ein Grat nach dem andern von dem Vorhang bedeckt wird.

Zuerst bekamen die Lichter an den Kandelabern rötliche Höfe – sie sahen aus wie kleine Sonnen in einer dunstigen Atmosphäre, und allerhand regenbogenfarbene Strahlen gingen davon aus. Dann verschwand allgemach, was hinter den Kandelabern saß, schwatzte und mit den Gabeln klapperte.

Nur von Zeit zu Zeit schimmerte ein weißes Vorhemd oder ein Stückchen von einem Frauenarm aus der »purpurnen Finsternis«[14] – so heißt es ja wohl bei Schiller.

Ja, richtig, – noch eins fiel mir auf: Mein Schwiegervater lief um diese Zeit mit zwei Champagnerflaschen herum, und wo er ein

---

[13] Salmi – Ragout aus Wildgeflügel.
[14] purpurne Finsternis – Schiller: Der Taucher.

ganz, ganz leeres Glas sah, da bat er inständig: »Trinken Sie doch noch! Warum trinken Sie nicht?«

»Du alter Schwindler«, sagte ich, als er so auch hinter mir auftauchte, und kniff ihn in die Beine, »heißt das in Rinnen 'rumlaufen lassen?«

Sie sehen, meine Herren, die Sache wird gefährlich.

Und plötzlich fühl' ich mein Herz weit werden.

Ich muß reden. Nein, ich muß reden.

Ich klopfe also an mein Glas wie besessen.

»Um Gottes willen – schweig«, raunt mir meine Braut, pardon, meine Frau zu.

Aber wenn es mein Leben kostet, ich muß reden.

Was ich geredet habe, ist mir später wiedererzählt worden, und wenn meine Gewährsmänner nicht lügen, hat es ungefähr folgendermaßen gelautet: »Meine Damen und Herren! Ich bin kein Jüngling mehr. – Aber ich bedaure das gar nicht – denn auch das reifere Mannesalter hat seine Freuden. – Und wer da etwa behaupten sollte, daß Jugend nur mit Jugend glücklich werden könne, dem sag' ich: das ist eine infame Lüge... Ich bin der Beweis vom Gegenteil. Denn ich bin kein Jüngling mehr. – Aber ich werde meine junge Frau glücklich machen – denn meine Frau ist ein Engel – und ich habe ein liebendes Herz ... ja, ich schwöre, ich habe ein liebendes Herz – und wer da behaupten wollte, daß hier unter meiner Weste kein liebendes Herz schlägt, dem möchte ich meine Brust aufreißen –«

An dieser Stelle sind meine Worte von Tränen erstickt worden, und mitten in meinem grauen Elend hat man mich schleunigst aus dem Saal geschafft – – –

Als ich erwachte, lag ich auf einem Sofa, das viel zu kurz für mich war, – allerhand Pelzkragen, Kapuzen und wollene Tücher über mich 'rüber geworfen ...

Mein Hals war verrenkt, meine Beine gefühllos.

Ich sah mich um.

Auf einer Spiegelkonsole brannte einsam ein Licht, – Bürsten, Kämme und Schachteln mit Stecknadeln lagen daneben an den Wänden hingen ganze Massen von Mänteln, Hüten und dergleichen.

Aha! die Damengarderobe.

Langsam kam ich zum Bewußtsein dessen, was geschehen war.

Ich sah nach der Uhr. – Sie ging auf zwei.

Irgendwo – wie in weiter Ferne – wurde ein Klavier gespielt – und dazu im Takte ein Scharren und Schleifen von tanzenden Füßen. –

Meine Hochzeit!

Ich kämmte mir die Haare glatt, rückte meine Krawatte zu recht und wünschte aufrichtig, ich könnte mich sofort in mein schönes, hartes Gurtenbette legen und mir die Decke aber die Ohren ziehen, – anstatt – brrr! –

Na, was war da zu machen! Ich trat also den Weg zu den Gesellschaftszimmern an – aber ohne eigentliche Beklommenheit, denn ich war noch zu dösig und verschlafen, um mir über meine Lage volle Rechenschaft zu geben.

Anfangs bemerkte man mich nicht.

In den Herrenzimmern lag der Zigarrenrauch so dick, daß man auf drei Schritte hin nur noch matte Umrisse von menschlichen Leibern unterscheiden konnte.

Man tempelte[15] heftig ... mein Schwiegervater nahm seinen Gästen mit solcher Eleganz das Geld ab, daß er, hätte er noch drei Töchter zu verheiraten gehabt, ein reicher Mann geworden wäre.

Er nannte das: die Hochzeitskosten 'rausschlagen.

Ich warf einen Blick in den Tanzsaal. – Die Mütter kämpften mit dem Schlafe, das junge Volk hopste mechanisch herum, der Klavierspieler machte die Augen nur noch auf, wenn er vorbeigegriffen hatte.

---

[15] tempeln – Kartenglücksspiel.

Meine Schwester hielt ein Glas mit Limonade auf dem Schoß und besah sich die Zitronenkerne. Das war ein trübseliges Bild! –

Jolanthe nirgends zu erblicken.

Ich kehrte zu den Spieltischen zurück und klopfte dem Alten auf die Schulter, der sich das eben gewonnene Geld mit hohlen Händen in die Hosentaschen stopfte.

Wütend drehte er sich um.

»Na, du Saufaus du!«

»Wo ist Jolanthe?«

»Weiß nicht. Such sie.« Und er spielte weiter.

Die Herren machten verlegene Gesichter und taten, als ob nichts geschehen wäre. »Na, setzen Sie nicht auch ein bißchen, junger Ehemann?« hieß es ringsum. –

Da machte ich, daß ich fortkam, denn ich kenne mich. ... Hätte ich losgelegt, es wäre ein zweites Unglück geschehen.

Auf Schleichwegen ging ich um den Tanzsaal herum, denn den Blicken der Ballmütter fühlte ich mich nicht gewachsen.

Im Korridor räucherte eine blecherne Küchenlampe, von den Wirtschaftsräumen her kam Tellergeklapper und das Kichern halbbetrunkener Mägde.

Scheußlich!

Ich klopfte an Jolanthes Zimmertür.

Niemand antwortete. Ein zweitesmal. Alles still. Da tret' ich ein.

Und was find' ich?

Meine Schwiegermutter sitzt auf dem Bettrand, und vor ihr kniet meine Frau im schwarzen Kleide – schon für das Wegfahren umgezogen –, hat den Kopf in ihren Schoß gelegt, und beide Frauen weinen, daß es einen Stein hätte erbarmen müssen.

Ach, meine Herren, wie ward mir da zumute!

Am liebsten wäre ich zu meinem Wagen gerannt, hätte dem Kutscher zugerufen: »Zur Station!« und wäre mit dem nächsten Zuge auf und davon gefahren, nach Amerika oder sonst irgendwohin, wo die Kassierer und die verlorenen Sohne zu verschwinden pflegen.

Na, das ging nicht an.

»Jolanthe«, sag' ich demütig und zerknirscht.

Beide schreien auf. Meine Frau umklammert die Knie ihrer Mutter. Diese breitet schützend die Arme um sie aus.

»Ich will dir ja nichts Böses tun, Jolanthe«, sag' ich, »nur um Verzeihung bitten will ich dich, daß ich aus Liebe zu dir so unvorsichtig war.«

Langes Schweigen – nur ihr Geschluchze klang mitten darein.

Dann sagt die Mutter: »Er hat Recht, mein Kind. Und steh auf – es ist Zeit. Ihr müßt fahren.« – Sie erhebt sich langsam – die Backen feucht – die Augen feuerrot – ihr Körper noch immer vom Schluchzen geschüttelt.

»Gib ihm die Hand. Es hilft ja nichts.«

Recht liebenswürdig dieses: Es hilft ja nichts.

Und sie reicht mir die Hand, die ich ehrfürchtig an meine Lippen führe.

»Haben Sie meinen Mann gesehen, George?« fragt meine Schwiegermutter.

Ich bejahe.

»Holen Sie ihn, bitte ... Jolanthe will Abschied nehmen.«

Ich nach dem Spielzimmer zurück.

»Du, Papa!«

»Zwölf, sechzehn – siebenundzwanzig – einunddreißig!«

»Papa!«

»Dreiunddreißig – was willst du?«

»Wir wollen uns verabschieden.«

»Fahrt mit Gott – werdet glücklich – sechsunddreißig.«

»Willst du nicht Jolanthen –«

»Neunddreißig – gewonnen – 'raus mit den kalten Katzen. ... Wer hat noch Courage? George, willst du nicht rasch 'mal –«

Na, da ging ich von dannen.

Als ich den Frauen schonend mitteilte, wie die Sachen standen, sahen sie sich bloß in die Augen und gingen dann voran durch den dunstigen Korridor zur Hintertreppe hin, wo der Wagen schon wartete.

Der Sturm pfiff uns um die Ohren ... vereinzelte Regentropfen peitschten uns ins Gesicht. –

Die Frauen lagen sich stumm in den Armen, als wollten sie sich nie mehr loslassen.

Da kommt der Alte, der sich eines Besseren besonnen haben mag, mit großem Hallo daher, hinter ihm die Mägde, die er alarmiert hat, mit Lampen und Lichtern.

Wirft sich dazwischen und legt zu schnauzen los: »Mein geliebtes Kind, wenn der Segen eines dich innig liebenden Vaters–«

Sie schüttelt ihn ab – gerad' so wie einen nassen Hund. Mit einem Sprung in den Wagen 'rin. ... Ich nach. ... Los!...

VII

Da saßen wir also. – Am Hoftor flackerten die Windlichter, dann wurde es rabenschwarze Finsternis. Meine Herren, das war eine Fahrt!

Die Wagenräder platschen durch die Pfützen: ß – ß – ß ... und der Sturm heult: huij ... und die Wassertropfen trommeln aufs Kutschenleder: taratata – taratata ...

»Was fängst du nun mit ihr an?« frag' ich mich.

Von ihr ist nichts zu sehen, zu hören und zu fühlen ... gerad' so, als ob ich mutterseelenallein durch die Nacht kutschiere.

Erst wie wir in den Wald kommen und sich die Laternen auf den nassen Birkenstämmen spiegeln, so daß ein Widerschein in den Wagen fallen kann, da seh' ich sie in der äußersten Ecke kauern und so enge an die Kutschenwand gedrückt, als ob sie sie mit ihrem Leibe durchbrechen und sich auf den Weg hinauswerfen will.

Mein Gott! So ein armes Ding! Das hat nun alles verloren, was bisher seine Welt gewesen ist. – Und die neue Welt – das ist ein alternder Kerl, der noch eben stierisch betrunken dagelegen hat.

Pfui Deibel, schäm' ich mich da!

Aber reden muß ich doch.

»Jolanthe!« ... Alles muckestill.

»Hast du Angst vor mir?«

»Ja –.«

»Willst du mir nicht deine Hand geben?«

»Ja.«

»Wo ist sie?«

»Da.«

Ein weiches Etwas streift ganz sacht, ganz sacht an meiner Seite entlang. ... Das hasch' ich, das ergreif ich, das umklammere ich.

Armes Ding! armes Ding!

Und gleichzeitig kommt eine Art von – »heiliger Kraft« würd' ich sagen, wenn ich pathetisch werden wollte – über mich, kurz ich finde in meiner Not lauter schöne und warme Worte, um ihr Trost zuzusprechen.

»Siehst du, Jolanthe«, sag' ich, »du bist ja nun meine Frau – daran ist nichts zu ändern – und schließlich hast du es selber ...« und zur Rührung bereit, wie man in solchen Zeiten ist, fang' ich ein bißchen zu flennen an.

Wie der Wagen hält, seh' ich vor der Haustür unter den Inspektoren und Eleven Lothar stehen.

Ich spring' 'raus und reiß' ihn in meine Arme. »Mein Junge, mein lieber, lieber Junge!« Ich hätt' ihm die Hände küssen mögen in meiner Dankbarkeit. –

Und wie ich meine junge Frau aus dem Wagen heben will, fängt das Unglückswurm von Oberinspektor uns mitten im Sturm mit einer feierlichen Anrede zu traktieren an.

»Um Gottes Willen, Baumann«, sag' ich, »ich nehme die Sache für genossen an«, – und trage meine junge Frau mit einem Ruck ins Haus hinein.

Drin stehen die Hausmädchen mit der Mamsell an der Spitze und knicksen und kichern, aber sie schaut mit stieren Augen durch sie hindurch.

Da kriegt mich die Angst zu packen vor dem, was kommen soll. ... »Ach, hättest du doch deine Schwester nicht fortgelassen«, denk' ich bei mir, und wie ich hilfesuchend um mich schaue, seh' ich im Türgewölbe Lothar stehen, der sich augenscheinlich verabschieden will.

Ich mit einem Satz auf ihn los, krieg' seine Hände zu packen und sag': »Du gehst nicht weg; wir trinken nach all dem Trubel noch einen Schluck Warmes miteinander – verstanden?«

Er wird blutrot, aber ich führ' ihn an der Hand vor Jolanthe, der eben Hut und Mantel abgenommen werden.

»Hilf mir, ihn bitten«, sag' ich; »eine Tasse Tee hat er sich um uns wohl verdient.«

»Ich bitte«, sagt sie und schlägt nicht einmal die Augen auf.

Er macht einen steifen Bückling und reißt an seinem Schnauzbart.

Dann führ' ich sie durch die erleuchteten Räume nach dem Esszimmer ... sie sieht nicht rechts, nicht links ... all die Pracht, die nur für sie geschaffen worden ist, bleibt unbeachtet... zwei –, dreimal schwankt sie an meinem Arm ... und jedesmal muß ich mich nach dem Jungen umsehen, ob er auch da ist.

Gott sei Dank! Noch war er da!

Im Speisezimmer siedet der Teekessel, wie's meine Schwester vor ihrem Abgange angeordnet hat.

»Wenn du sie holen ließest?« fährt es mir durch den Kopf. i in Wagen im Karriere nach Krakowitz, ein andrer nach Gorowen – und in einer Stunde konnte sie hier sein.

Aber ich alter Krauter schäme mich, meine Hilflosigkeit zu bekennen. Und meine Angst hat ja auch Lothar, um sich an ihn anzuklammern.

Gott sei Dank, noch war er da!

»Also setzt euch dal, Kinder«, sag' ich und tu', als ist mir wunder wie behaglich zumute.

Ich seh's noch wie heute: das blanke Tischtuch mit den Meißener Tassen und der alten silbernen Zuckerdose drauf – und die kupferne Hängelampe über uns, und in dem grellen Lichte, das sie 'runterwirft: rechts von mir – Sie – blaß, steif, mit halbgeschlossenen Augen, wie eine, die im Schlafe wandelt, links: Er – mit seinem buschigen Haar und den straffen, goldbraunen Backen und der finsteren Stirnfalte – die Augen starr auf den Damast geheftet.

Und weil er sich augenscheinlich unsicher fühlt als überflüssiger Dritter in einer fremden Hochzeitsnacht und am liebsten Reißaus nehmen möchte, fass' ich ihn liebevoll bei beiden Schultern und dank' ihm aus tiefstem Herzen für die Tortur, die er sich auferlegt.

»Sieh ihn dir genau an, Jolanthe«, sag' ich, »denn so wie heute werden wir manches liebe Mal hier sitzen und uns freuen einer an dem andern.«

Sie nickt ganz langsam und schließt die Augen vollends.

Armes Ding! Armes Ding!

Und die Angst benimmt mir fast den Atem.

»Seid fidel, Kinder!« schrei' ich, »Lothar, erzähl mal ein paar Schwanke aus deinem Leben ... vorwärts! Hast du zu rauchen? Wart, ich hol' dir.«

Und in meiner Not renn' ich spornstreichs ins Nebenzimmer, wo der Zigarrenschrank steht, als ob sich durch die guten Glimmstengel alles zum Besten wenden werde.

Da, meine Herren, als ich mit der Kiste unter dem Arm zurückkehren will, seh' ich durch die offene Tür etwas, was mir das Blut in den Adern zum Stillstehen bringt.

Nur einmal im Leben hab' ich einen solchen Schlag empfunden, wie ich als junger Kürassier eines Abends von einer Kneipe heimkomme und eine Depesche vorfinde, wodrin ganz gemütlich die Worte stehen: »Vater soeben verschieden!«

Also, was seh' ich, meine Herren?

Die beiden Leutchen sitzen still und steif auf ihren Plätzen wie zuvor, aber sie haben die Augen sozusagen ineinandergetaucht mit einer solchen wilden, verzweifelnden, wahnsinnigen Glut, wie ich menschliche Blicke deren nie für fähig gehalten habe.

Es war, wie wenn zwei Flammen ineinanderspritzen.

Also, da hatt' ich die Bescherung.

Noch war sie nicht mein Weib, und schon hatte mein Freund, mein Sohn, mein Liebling mich mit ihr verraten.

Der Ehebruch saß schon im Hause, noch bevor die Ehe wahrhaft vollzogen war.

Meine ganze Zukunft – ein Dasein voll Argwohn und Angst und Verdüsterung und Lächerlichkeit, voll grauer Tage und schlafloser Nächte lag wie eine Landkarte aufgerollt vor mir durch diesen Blick.

Was tun – meine Herren?

Am liebsten hätt' ich sie bei der Hand genommen und zu ihm gesagt: »Nimm sie hin – ich habe kein Recht mehr an sie.«

56

Aber versetzen Sie sich in meine Lage! Ein Blick ist etwas Unbegreifbares und Unbeweisbares. – Er läßt sich lachend ableugnen ... ja, konnte ich mich nicht wirklich getäuscht haben?

Und während ich dies dachte, hingen die beiden Augenpaare noch immer ineinander in vollendeter Vergessenheit dessen, was rings um sie bestand.

Und als ich dann eintrat, zuckten sie nicht einmal mit den Wimpern, sondern wandten sich nur gleichsam unwillig und erstaunt zu mir hin, als wollten sie fragen: »Was stört uns der fremde, alte Mann?«

Ich hätte laut aufbrüllen mögen wie ein gestochenes Tier, doch nahm ich mich zusammen und offerierte meine Zigarren.

Aber ich mußte rasch ein Ende machen, denn allerhand rote Sonnen begannen mir vor den Augen zu tanzen.

Ich sag' also: »Geh heim, mein Sohn, es ist Zeit.«

Er erhebt sich schwerfällig, reicht mir eine eiskalte Hand, macht ihr mit zusammengeschlagenen Hacken seinen Leutnantsdiener und wendet sich zur Tür.

Da hör' ich einen Schrei – einen Schrei, der mir durch Mark und Bein fährt.

Und was seh' ich?

Mein Weib, mein junges Weib liegt ihm zu Füßen, hält seinen Rock mit beiden Händen fest und schreit: »Du darfst nicht sterben – du darfst nicht sterben!«

So, meine Herren, das war die Katastrophe.

Einen Augenblick steh' ich wie vor den Kopf geschlagen, im nächsten fass' ich ihn beim Schlafittchen.

»Halt, mein Sohn«, sag' ich, »jetzt ist's genug. Schindluder lass' ich nicht mit mir spielen.« Und ich führ' ihn bei seinem Kragen sachte auf seinen Platz zurück, schließe die Türen ab und hebe meine Frau, die krampfhaft schluchzend am Boden liegt, auf ein Sofa.

Sie aber kriegt meine Hände zu fassen, küßt sie immerzu und wimmert dabei: »Laß ihn nicht fort! Er will sich töten – er will sich töten.«

»Also, warum willst du dich töten, mein Sohn?« sag' ich; »wenn du ältere Rechte hattest, warum machtest du sie nicht geltend? Warum betrogst du deinen besten Freund?« Er bohrt sich die Fäuste gegen die Stirn und schweigt. Da packt mich doch die Wut, und ich sag': »Sprich, oder ich schlag' dich nieder wie einen tollen Hund.«

»Tu's«, sagt er und breitet die Arme auseinander, »ich hab's nicht besser verdient.«

»Verdient oder nicht, – jetzt wird Rede gestanden.« Na, meine Herren, da erfuhr ich denn von beiden zusammen unter Selbstvorwürfen, Tränen und Kniefällen die ganze saubere Angelegenheit.

Sie waren einander vor Jahren im Walde begegnet und liebten sich seither – hoffnungslos und verschwiegen, wie es den Kindern zweier verfeindeter Geschlechter geziemt. Montecchi und Capuletti!

»Habt ihr euch eure Liebe gestanden?« Nein – aber geküßt hatten sie sich. »Na – weiter!«

Dann war er nach Berlin in Garnison gegangen, und sie hatten nichts mehr voneinander gehört ... zu schreiben riskierten sie nicht, wußten auch nicht, wie der andre gesonnen war.

Da kam der Tod des alten Pütz dazwischen und mein Versuch, den Hader beizulegen.

Als ich auf Krakowitz erschienen war, hatte Jolanthe zuerst den Plan gefaßt, mich zum Vertrauten ihrer Liebe zu machen, hatte wohl auch gehofft, durch mich eine Botschaft zu erhalten. Nichts dergleichen. Statt dessen hatte ich, da ich ihre zärtlichen Blicke mißverstand, selber angefangen, den Verliebten zu spielen. – Weil ihr aber der Wutausbruch ihres Herrn Papas so recht deutlich vor Augen gerückt hatte, daß für sie in alle Ewigkeit nichts zu hoffen war, hatte sie in ihrer Verzweiflung beschlossen, das einzig mögliche Mittel zu ergreifen, um wenigstens in die Nähe des Geliebten zu gelangen.

»Na, das ist doch eine Niedertracht, mein trautes Herzchen«, sagte ich.

»Aber ich bangte mich nach ihm«, gab sie zur Antwort, als wäre damit alles in Ordnung.

»Sehr gut – ausgezeichnet! – Aber du, mein Sohn, warum bist du nicht gekommen und hast gesagt: »Onkel – ich liebe sie, – sie liebt mich. – Hand weg von ihr?«

»Ich wußte ja nicht, ob sie mich noch liebt«, erwidert er mir.

»Famos. Ihr seid zwei Unschuldslämmer. Ganz famos. Und wann seid ihr ins reine gekommen?«

»Heute – während du schliefst.«

Und nun kam eine schreckliche Geschichte. Nach Tisch, beim Gesegnete-Mahlzeit-Sagen war durch einen einzigen stummen Händedruck der ganze Jammer klar geworden. Und weil sie nicht aus, nicht ein wußten, hatten sie beschlossen, noch in derselben Nacht zu sterben.

»Was, du auch?«

Statt der Antwort zog sie ein Fläschchen aus der Tasche, von dem aus mich ein Totenkopf ganz freundlich ansah.

»Was ist da drin?«

»Blausäure!«

Ei, der Deiwel! »Und wo hast du das her?«

Ein Tanzstundenfreund, der Chemiker war und dem sie den Kopf verdreht hatte, hatte ihr auf ihre Bitten das angenehme Wässerchen vor Jahren zum Geschenk gemacht.

»Und das Zeug wollst du saufen, du Kröt' du?«

Sie sah mich mit großen, grellen Blicken an und nickte zwei-, dreimal.

Ich verstand sehr gut, und ein Schauder rann mir über den Rücken.

Das hätte eine schöne Brautnacht werden können!

»Und nu? – Was fang' ich nu mit euch beiden an?«

»Rett uns ... hilf uns ... hab Gnade mit uns!«

Sie lagen vor mir auf den Knien und leckten mir die Hände.

Und weil ich, wie Sie ja wissen, meine Herren, von Profession ein guter Kerl bin, so ersann ich ein Mittel, um meine verunglückte Ehe zu einem raschen Ende zu bringen.

Johann mußte anspannen, und fünfzehn Minuten später fuhr ich mit meiner zwölf Stunden alten Frau geräuschlos nach Gorowen zu meiner Schwester ab, unter deren Schutze sie verweilen sollte, bis die Scheidung ausgesprochen war ... denn zu ihrem Vater wollte sie unter keinen Umständen wieder zurück.

Lothar fragte ganz naiv, ob er uns nicht begleiten dürfe.

»Du Aaskröt'«, sagte ich, »mach du, daß du nach Hause kommst.«

Denn an der rechten Stelle weiß ich auch streng zu sein, meine Herren ...

*

Die Uhr schlug halb fünf, als ich heimkam. –

Ich war todmüde. Die Beine hingen mir wie Klötze am Leibe.

Alles war muckestill, denn ich hatte vor meiner Abfahrt sämtliche Hausleute zu Bette geschickt.

Als ich den Korridor entlang ging, wo noch die Lichter brannten, sah ich eine mit Blumengirlanden bekränzte Tür. Die führte zu dem Brautgemach, das meine Schwester als Überraschung bis heute nacht verschlossen gehalten hatte.

Neugierig öffnete ich sie und sah in ein purpurnes Grabgewölbe hinein, in welchem mir der Atem erstickte vor lauter unbekannten Düften. ... Alles war mit Teppichen verhangen, und an der Decke brannte eine richtige Kirchenlampe. ... Im Hintergrunde aber war auf Stufen eine Art von Katafalk errichtet mit goldenen Zierraten und seidenen Decken.

Dadrin hätt' ich schlafen sollen!

»Brrrr!« machte ich, schlug die Türe zu und rannte so rasch davon, als meine lahmen Beine mir erlaubten.

Und dann kam ich in mein Zimmer und steckte meine schöne, helle Arbeitslampe an; die lachte mich an wie die liebe Sonne.

In der Ecke stand meine alte, schmale Klappe mit ihren rotgebeizten Pfosten, dem grauen Strohsack und dem zerplieserten Elchfell.

Ach, meine Herren, wie wurd' mir da wohl zumute!

Ich zog mich aus, zündete mir eine gute Zigarre an, – 'rin in die Posen! – und las noch rasch ein spannendes Kapitel aus der Geschichte des Deutsch-Französischen Krieges.

Und ich kann Sie versichern, meine Herren: Nie habe ich besser geschlafen als in meiner Hochzeitsnacht.

Über tredition

Eigenes Buch veröffentlichen

tredition wurde 2006 in Hamburg gegründet und hat seither mehrere tausend Buchtitel veröffentlicht. Autoren veröffentlichen in wenigen leichten Schritten gedruckte Bücher, e-Books und audio-Books. tredition hat das Ziel, die beste und fairste Veröffentlichungsmöglichkeit für Autoren zu bieten.

tredition wurde mit der Erkenntnis gegründet, dass nur etwa jedes 200. bei Verlagen eingereichte Manuskript veröffentlicht wird. Dabei hat jedes Buch seinen Markt, also seine Leser. tredition sorgt dafür, dass für jedes Buch die Leserschaft auch erreicht wird.

Im einzigartigen Literatur-Netzwerk von tredition bieten zahlreiche Literatur-Partner (das sind Lektoren, Übersetzer, Hörbuchsprecher und Illustratoren) ihre Dienstleistung an, um Manuskripte zu verbessern oder die Vielfalt zu erhöhen. Autoren vereinbaren direkt mit den Literatur-Partnern die Konditionen ihrer Zusammenarbeit und partizipieren gemeinsam am Erfolg des Buches.

Das gesamte Verlagsprogramm von tredition ist bei allen stationären Buchhandlungen und Online-Buchhändlern wie z. B. Amazon erhältlich. e-Books stehen bei den führenden Online-Portalen (z. B. iBookstore von Apple oder Kindle von Amazon) zum Verkauf.

Einfach leicht ein Buch veröffentlichen: **www.tredition.de**

Eigene Buchreihe oder eigenen Verlag gründen

Seit 2009 bietet tredition sein Verlagskonzept auch als sogenanntes "White-Label" an. Das bedeutet, dass andere Unternehmen, Institutionen und Personen risikofrei und unkompliziert selbst zum Herausgeber von Büchern und Buchreihen unter eigener Marke werden können. tredition übernimmt dabei das komplette Herstellungs- und Distributionsrisiko.

Zahlreiche Zeitschriften-, Zeitungs- und Buchverlage, Universitäten, Forschungseinrichtungen u.v.m. nutzen diese Dienstleistung von tredition, um unter eigener Marke ohne Risiko Bücher zu verlegen.

Alle Informationen im Internet: **www.tredition.de/fuer-verlage**

tredition wurde mit mehreren Innovationspreisen ausgezeichnet, u. a. mit dem Webfuture Award und dem Innovationspreis der Buch Digitale.

tredition ist Mitglied im Börsenverein des Deutschen Buchhandels.

Dieses Werk elektronisch lesen

Dieses Werk ist Teil der Gutenberg-DE Edition DVD. Diese enthält das komplette Archiv des Projekt Gutenberg-DE. Die DVD ist im Internet erhältlich auf **http://gutenbergshop.abc.de**

Zeitfracht Medien GmbH
Ferdinand-Jühlke-Straße 7
99095 Erfurt, Deutschland
produktsicherheit@kolibri360.de